MÉMOIRE

SUR

L'ACUPUNCTURE.

MÉMOIRE

SUR

L'ACUPUNCTURE,

SUIVI

D'UNE SÉRIE D'OBSERVATIONS

RECUEILLIES

SOUS LES YEUX DE M. JULES CLOQUET,

PAR M. MORAND,

DOCTEUR EN MÉDECINE.

A PARIS,

CHEZ CREVOT, LIBRAIRE, RUE DE L'ECOLE DE MÉDECINE, N° 3,
PRÈS CELLE DE LA HARPE.

DE L'IMPRIMERIE DE DIDOT LE JEUNE, IMPRIMEUR DE LA FACULTÉ DE MÉDECINE,
RUE DES MAÇONS-SORBONNE, N° 13,

1825.

MÉMOIRE

SUR

L'ACUPUNCTURE.

INTRODUCTION.

L'ACUPUNCTURE, moyen thérapeutique emprunté à la médecine des Indiens, occupe dans ce moment tous les esprits.

Les académies, les cercles de médecine travaillent avec un zèle et une ardeur incroyables pour vérifier de nouvelles assertions de M. *Jules Cloquet*. Ainsi sur ce sujet les savans les plus distingués multiplient leurs recherches et leurs expériences pour atteindre le but qui leur a été montré.

Les journaux consacrés à la publication des faits cliniques observés dans les divers hôpitaux, remplissent leurs colonnes d'observations et de réflexions sur ce nouveau moyen de guérir les maladies.

Les gens du monde eux-mêmes ne veulent point rester étrangers à cette conquête faite par la médecine de nos jours ; partout enfin on parle de l'acupuncture, dans les salons comme à l'Institut.

Tel médecin enthousiaste espère combattre avec une aiguille les maladies les plus rebelles et les plus invétérées; elle deviendra entre ses mains, du moins le croit-il, *supremum contra omnia mala remedium.*

Tel autre, ingénieux à bâtir des théories, à créer des systèmes, est bien persuadé qu'il trouvera dans les phénomènes qui ont lieu pendant le cours de cette opération, une solution satisfaisante des questions les plus obscures, de ces questions débattues depuis des siècles, sur lesquelles l'attention des plus grands hommes a resté fixée si long-temps, et toujours inutilement.

D'autres enfin, chez qui l'incrédulité est érigée en système, refusant de croire même ce qui est le mieux démontré, pleins d'un superbe dédain, renvoient sans aucun examen préalable la pratique de l'acupuncture aux peuples qui l'ont inventée.

Mais il est aussi, et très-heureusement, des hommes sages, éclairés, vraiment amis des sciences, qui, faisant taire les passions, se recueillent dans le silence pour méditer les faits observés. Dédaignant le faste des théories, craignant toujours de s'égarer en marchant dans le vaste domaine des hypothèses, ils suivent avec persévérance la route étroite de l'observation, notent les faits avec une scrupuleuse exactitude, puis les rapportent avec une candeur et une bonne foi trop peu commune de nos jours. C'est à de pareils hommes qu'appartient véritablement le nom de *philosophe;* c'est à eux que les sciences et les arts doivent tous leurs progrès. Tels sont les modèles que doit se proposer un jeune médecin. Voilà les guides que j'ai choisis. Comme eux et avec eux je veux dire :

Amicus Plato, magis amica veritas.

Élève de M. *Jules Cloquet,* à qui l'honneur appartient d'avoir fait revivre parmi nous l'acupuncture, d'en avoir fait une si heureuse application dans le traitement des maladies, j'ai résolu de prendre pour sujet de ma dissertation inaugurale cet agent thérapeutique : de soumettre à mes juges mes opinions, les observations que j'ai pu faire tant à l'hôpital Saint-Louis qu'à l'Hôtel-Dieu, et ailleurs, où je l'ai vu mettre en pratique un très-grand nombre de fois.

Heureux de trouver dans le simple exposé des faits l'occasion de rendre hommage au mérite du jeune et savant maître sous les auspices duquel j'entrai dans la carrière que je parcours, et dont la bienveillance et la précieuse amitié m'ont toujours été conservées !

DIVISION.

Je diviserai mon travail en trois parties.

Dans la première je me propose de faire connaître ce qu'on savait sur l'acupuncture avant les travaux de M. *Cloquet;* les expériences, les observations, les opinions des divers auteurs qui ont traité ce sujet.

Dans la deuxième je ferai la description de l'opération, indiquant avec soin les phénomènes qui se passent, et quelques théories auxquelles ils ont donné naissance.

Dans la troisième, offrant une série d'observations, je parlerai des maladies contre lesquelles l'acupuncture a été employée, des parties sur lesquelles on l'a exécutée, des résultats enfin qu'a fournis son emploi.

PREMIÈRE PARTIE.

Définition.

L'acupuncture, *acupunctura*, tire son étymologie des mots latins *acus*, *aiguille*, et *punctura*, *piqûre*. C'est une opération qui consiste à faire pénétrer une aiguille (quel que soit le métal qui entre dans sa composition) dans une partie quelconque du corps, soit de l'homme, soit des animaux.

Peut-être vaudrait-il mieux donner à cette opération le nom d'*acupunction;* car le mot *acupuncture* exprime seulement l'action d'opérer, tandis que le mot *acupunction* rendrait compte, il me semble, non-seulement de l'opération, mais encore des phénomènes qui peuvent survenir.

Mais, pour ne pas déroger aux usages reçus, je me servirai du mot *acupuncture*, employé jusqu'à ce jour.

Si l'on cherche à connaître d'une manière positive l'origine de l'acupuncture, on voit qu'elle se perd dans la nuit des temps. Mais s'il est impossible de déterminer à quelle époque elle fut pratiquée pour la première fois, on sait qu'inconnue chez les Grecs, les Latins, les Arabes, elle est usitée de temps immémorial en Chine, dans ce pays qu'on regarde comme le berceau du monde ; que les peuples de cette contrée la transmirent aux habitans de l'île de Corée, du Japon. Elle est, dit *Vicq-d'Azyr* d'après *Ten Rhyne*, très employée dans ce dernier pays.

C'est à ce dernier auteur et à *Kœmpfer* que nous devons la plus grande partie de ce qu'on sait sur ce point.

Ainsi donc ce n'est que depuis un siècle et demi environ qu'elle est connue en Europe.

Mais voyons comment et dans quelles circonstances les Chinois pratiquent cette opération.

Les Indiens, dit *Kœmpfer*, se servent de deux instrumens pour faire l'acupuncture, qui sont une aiguille et un marteau. Ils donnent le nom de *tentassi* ou *exploratores* aux hommes qui connaissent les endroits où il convient de placer les aiguilles. Quant à ceux qui pratiquent l'opération, ils portent le nom de *foritatte, jussa explorantis faciunt.* Ce moyen est si usité, et ils ont une telle vénération pour l'acupuncture, que jamais ces espèces de médecins ne sortiraient sans emporter leurs instrumens. Le marteau dont ils font usage, d'après l'auteur de l'article *acupuncture* du Dictionnaire des sciences médicales, est fait avec l'ivoire; il est de corne selon *Kœmpfer.* L'une de ses extrémités est plus volumineuse, arrondie, percée de plusieurs petits trous semblables à ceux qui couvrent la surface d'un dé à coudre ; elle contient du plomb renfermé dans son intérieur, afin d'ajouter à sa pesanteur. Le manche est long, creux, destiné à contenir des aiguilles.

Ces aiguilles sont de deux sortes. Les premières, longues de quatre pouces environ, sont très-fines, surtout vers l'extrémité destinée à pénétrer les tissus ; tandis que l'autre se trouve maintenue dans un manche long de trois pouces, arrondi, contourné en spirale, semblable enfin à un pas de vis allongé. La seconde espèce est dépourvue de manche : la longueur est la même que celle des premières. Leur volume est celui d'une corde de harpe. Jamais on n'emploie dans la confection de ces instrumens d'autres métaux que l'or ou l'argent, et nul ne peut en fabriquer en Chine sans une autorisation spéciale du souverain.

Chez ces peuples, l'opération de l'acupuncture se pratique suivant deux procédés différens. Dans le premier, l'aiguille doit être saisie avec la main gauche entre le pouce et l'index, appuyée sur le médius, placée ensuite sur la partie qu'elle va percer. Le marteau pris de la main droite, ils donnent un ou deux coups sur l'aiguille pour lui faire traverser l'épiderme et le derme; puis ensuite, la faisant rouler rapidement entre les doigts, ils l'enfoncent perpendiculairement jusqu'à la profondeur d'un demi-pouce ou d'un pouce, suivant la partie sur laquelle l'opération est faite.

Dans le deuxième procédé ils ne font usage que de l'aiguille, la faisant pénétrer comme dans le second temps, c'est-à-dire en la roulant entre le pouce et l'index. Le lieu d'élection pour placer leurs aiguilles est celui même où la douleur se fait sentir le plus vivement. Ils multiplient souvent les acupunctures, mettent en même temps plusieurs aiguilles, ayant toujours soin de laisser un pouce au moins d'intervalle entre chacune d'elles.

La durée de leur séjour est très-courte, selon *Kœmpfer*; le temps seulement d'une inspiration et d'une expiration. L'opération doit être répétée jusqu'à la disparition complète de la douleur, ayant toujours soin d'éviter les lésions des nerfs, des artères et des tendons.

C'est surtout pour combattre une colique très-douloureuse nommée *senki* qu'ils y ont recours. La description de cette maladie m'a semblé trop curieuse pour que je n'en offre pas un abrégé. Elle est endémique, tellement commune, qu'il est rare de rencontrer un

(10)

individu un peu avancé en âge qui n'en ait été atteint. Les étrangers
n'y sont pas moins exposés que les indigènes. Les causes sont , dit-on ,
le climat, les alimens , les boissons. Voici les principaux symptômes.
Douleurs abdominales très-vives, avec gonflement du ventre, spasmes,
étreintes. Le malade a des suffocations, des convulsions. Il semble
qu'on lui arrache tous les tissus depuis l'aine jusqu'aux côtes. La
douleur ressentie est analogue à celle que produiraient des coups de
poignard continuellement répétés. Tel est cependant le cortége de
symptômes que font disparaître instantanément quelques aiguilles
placées ainsi qu'il suit.

Une au-dessus de l'ombilic , une deuxième à son niveau, une troisième enfin au-dessous. Souvent d'autres sont placées sur les côtés
de l'abdomen.

Mais que de graves inconvéniens , si l'on néglige d'y recourir ! La
maladie, après avoir fait souffrir pendant long-temps, occasionnera
l'apparition de tumeurs sur la surface du corps, des gonflemens des
testicules , des fistules suppurantes, des abcès à l'anus ; chez les femmes des tubercules suppurés, soit aux grandes lèvres , soit à la région
inguinale.

Si l'on ouvre *Ten Rhyne*, dans combien d'autres cas ne voit-on pas
l'acupuncture préconisée ! L'aiguille, selon cet auteur, ne doit pas
toujours se borner à traverser la peau ; avec elle on doit atteindre les
intestins, la matrice, même chez les femmes enceintes : jamais , dit-
il, il n'en résulte d'accidens. On l'emploie avec succès dans les coli-
ques de toute espèce, dans les maladies de la tête , les céphalalgies
récentes et invétérées , les maladies soporeuses , l'épilepsie , les oph-
thalmies ; dans la diarrhée , le choléra-morbus , la dysenterie , l'ano-
rexie ; dans les affections venteuses, les accès hystériques , la lippitude,
la cataracte commençante, le coryza ; dans les fièvres continues, intermittentes , les maladies vermineuses , le tétanos ; enfin dans toutes les
maladies convulsives. Tous ces détails, puisés dans *Ten Rhyne*, se
trouvent consignés dans *Vicq-d'Azyr*. (Traité des sciences physiolo-
giques , mémoire sur l'acupuncture.)

Ce dernier auteur fait quatre classes des maladies contre lesquelles l'acupuncture est proposée :

La 1.re comprend les affections soporeuses, *comata;*

La 2.e, les affections convulsives, *spasmi;*

La 3.e, les douleurs, *dolores;*

La 4.e enfin les maladies fluxionnaires, *fluxus.*

On lit dans ce même ouvrage la description d'une colique très-douloureuse emportée par une seule acupuncture. *Vicq-d'Azyr* a puisé lui-même cette observation dans *Ten Rhyne;* la voici telle qu'il la rapporte. Un garde de l'empereur, après avoir marché pendant long-temps exposé au soleil, tourmenté par une soif ardente, but avec avidité une espèce de bière très-irritante analogue au *schnops* des Allemands. Bientôt il ressentit dans toute la région abdominale des douleurs très-vives, des ténesmes, des étreintes. L'acupuncture ayant été pratiquée, non-seulement il fut soulagé, mais guéri immédiatement. Le mal ne s'est plus fait sentir de nouveau. *Vicq-d'Azyr*, qui, comme je l'ai dit, a fait un mémoire sur ce sujet, ne dit pas qu'il ait jamais pratiqué cette opération. Il propose de ranger ce moyen parmi les irritans, les stimulans. Si on l'en croit, son action est comparable à celle du moxa, des vésicatoires, des ventouses. On se trompe, dit-il, lorsqu'on vous affirme qu'une aiguille atteint, traverse impunément la matrice ; car, en opérant, il est très-difficile de bien juger jusqu'où l'on pénètre, de déterminer d'une manière certaine les organes que l'on intéresse.

Dujardin, dans son premier volume d'Histoire de la chirurgie, nous donne une répétition de ce qui se trouve dans *Ten Rhyne*, où presque tous les auteurs ont puisé. J'ai cru devoir y noter les propositions suivantes :

1.re L'acupuncture réussit parfaitement dans les cas de grossesse où le fœtus, s'agitant continuellement dans la matrice (quelle que soit la cause de ses mouvemens), occasionne de vives douleurs à la mère. Il faut alors introduire une aiguille, lui faire traverser et la matrice et le fœtus : agissant ainsi, on met fin à toute espèce d'accidens. L'auteur n'explique pas si c'est par le vagin , ou en traversant les parois de l'abdomen que l'opération doit être exécutée.

2.° Chez les personnes faibles , on devra pratiquer de préférence l'acupuncture sur la partie antérieure du tronc, et sur sa partie postérieure chez les personnes fortes. Cette opinion , comme on voit , est on ne peut plus vaguement exprimée , et l'on doit regarder cette assertion comme insignifiante.

3.° Si l'on ne sent pas le pouls chez un malade , ce sera aux environs des veines qu'il faudra faire pénétrer l'aiguille. En se comportant ainsi, on s'exposera à blesser des artères ; on dédaignera donc l'avis donné d'éviter ces vaisseaux.

4.° Chez les adultes , l'aiguille doit être enfoncée plus profondément que chez les enfans et les vieillards , chez les individus doués d'embonpoint que chez les sujets maigres.

5.° Enfin l'aiguille restera placée dans les tissus pendant l'espace de trente inspirations et d'autant d'expirations. Dans le cas où l'opéré ne pourrait supporter sa présence pendant ce laps de temps, on recommencerait cinq ou six fois.

En lisant *Berlioz* (Mémoire sur l'acupuncture , publié en 1819), ce ne sont plus seulement des théories , des observations obscurcies par la nuit des temps , mais bien des faits pratiques , des résultats constatés , bien authentiques que l'on rencontre. Les succès qu'il annonce sont si grands, qu'il est impossible d'expliquer les motifs qui ont empêché de répéter ses essais. Selon M. *Berlioz*, une aiguille placée à la profondeur de quelques lignes enlève de suite ou diminue la douleur, et il est très-rare qu'elle résiste à trois ou quatre opérations.

Il n'est point inutile , je crois , de rapporter les observations qui se trouvent dans cet ouvrage. Le sujet de la première est une jeune fille atteinte d'une fièvre nerveuse causée par une frayeur vive et prolongée. La maladie existait depuis deux ans. Attaqués par le kina , les symptômes , loin d'être amendés , ont été aggravés. Une multitude de moyens médicamenteux ont été employés tous inutilement. La jeune malade dépérissait à vue d'œil. Ne sachant comment combattre son mal, on proposa l'acupuncture; l'essai fut fait aussitôt. On se servit d'une très-longue aiguille à coudre enduite de cire vers son œil. La jeune malade (car ce fut elle-même qui exécuta l'opération) la fit pénétrer d'abord perpendiculairement, ensuite obliquement dans les parois abdominales à la région épigastrique. Dès la première piqûre, les douleurs cessèrent comme par enchantement, le calme fut complet; l'accès ne reparut ni ce jour ni le lendemain : le surlendemain il n'y eut qu'une espèce de souvenir de la maladie. Pour prévenir la réapparition de la fièvre, on fit une nouvelle acupuncture le troisième jour, et l'on continua ainsi de placer une aiguille tous les trois jours pendant l'espace de deux mois. Après ce temps, le moyen sembla s'user, perdre de son effet ; on y revint donc plus souvent, deux fois par jour durant six mois. La maladie fut guérie alors. Mais trois mois après, nouveaux accès de fièvre, nouvelles acupunctures, nouvelle guérison ; et cette fois elle fut durable. M. le docteur *Berlioz* dit avoir employé concurremment les préparations opiacées. Ainsi est-ce bien à l'acupuncture qu'il doit les succès qu'il a obtenus ?

Les faits qu'il rapporte ensuite me paraissent beaucoup plus concluans.

Un paysan âgé de quarante ans étant tourmenté depuis deux mois par une toux convulsive avec douleur à l'épigastre. L'administration du lait, de l'opium, l'ont considérablement soulagé. Cependant la marche, et surtout l'exercice du cheval, le fatiguaient beaucoup, provoquaient la toux, causaient des douleurs dans la région indiquée plus haut. Une seule aiguille, placée à l'épigastre, enfoncée assez profondément pour atteindre l'estomac, amena une disparition subite de tout symptôme maladif, et, qui plus est, la guérison fut durable. Dans cette circonstance, l'aiguille ne séjourna que trois minutes.

L'observation qui vient ensuite est celle d'un homme qui fit une chute d'un endroit élevé de dix à douze pieds. Cet homme, tombé à la renverse sur des pierres, eut toute la partie postérieure du tronc couverte de contusions. Placé sur un lit, il était dans l'impossibilité absolue d'exécuter aucun mouvement. Onze piqûres, faites immédiatement sur la partie postérieure du cou, lui permirent de soulever la tête. La même opération, répétée les jours suivans sur tous les endroits meurtris, le guérirent très-rapidement. L'auteur de ces observations donne le conseil de recourir à l'emploi de l'aiguille dans les douleurs de toute espèce, soit rhumatismales, soit nerveuses; dans les fièvres intermittentes, au moment du paroxysme. Il ne craint point de léser les organes les plus essentiels; selon lui, la frayeur nuit à l'effet de l'opération, le nombre des aiguilles est insignifiant, et n'accroît pas l'efficacité du remède. Ainsi, une seule devra suffir habituellement.

Mais ce n'est point assez pour M. *Berlioz* de faire connaître ses succès; il veut remonter à la cause; il veut expliquer le mode d'action de l'aiguille, et voici comment il s'exprime : Ce n'est point en remplaçant une irritation par une autre plus forte, comme on l'a avancé, qu'agit l'acupuncture, car jamais le succès n'est si marqué que lorsque l'introduction de l'aiguille n'est pas ou peu douloureuse. Ce remède est un stimulant des nerfs, auxquels il restitue un principe dont ils étaient privés par l'effet de la douleur. Il termine en proposant de charger les aiguilles de fluide électrique, afin de rendre leur action plus marquée. Il s'est servi aussi de deux aiguilles faites avec deux métaux différens, mis en rapport au moyen d'un troisième. Leur action ne lui a pas donné de résultats plus favorables.

Ces observations sont fort curieuses sans doute; mais en voilà d'autres qui ne le sont pas moins; elles sont tirées de la pratique de M. *Bretonneau*, chirurgien en chef de l'hôpital de Tours, l'un des praticiens dont les talens font le plus d'honneur à la chirurgie moderne. Ces faits, communiqués à la société de médecine par M. le docteur *Haime*, son correspondant, m'ont été donnés d'une manière plus exacte encore par M. *Velpeau*, ancien élève de M. *Bretonneau*, dont il suivait alors la pratique avec le zèle et l'ardeur qui le distinguent aujourd'hui.

Une jeune personne âgée de vingt-un ans était tourmentée depuis fort long-temps par un hoquet continuel. Le mal ayant été combattu par les antispasmodiques, les révulsifs, pendant plusieurs mois, et toujours inutilement, par une inspiration toute médicale le chirurgien de Tours crut devoir recourir au moyen tant préconisé en Chine et au Japon. Comme *Berlioz*, il se servit d'instrumens autres que ceux usités chez ces peuples. Il prit une aiguille d'acier longue de sept à huit pouces, fine, très-aiguë, l'enfonça, à travers les parois abdominales, dans la région épigastrique, de manière à pouvoir atteindre l'estomac. La douleur produite par l'introduction fut très-peu vive. A peine l'aiguille eut-elle traversé les tissus, que le hoquet cessa. Ayant été laissée deux ou trois minutes, on la retira. Il n'y eut ni pendant, ni après l'opération aucun accident. Durant tout le cours de la journée, la maladie ne reparut point : ce ne fut que vingt-quatre heures après qu'elle se fit sentir de nouveau. Dès-lors une nouvelle acupuncture fut décidée et pratiquée dans le même point. Cette fois on fit pénétrer l'aiguille bien plus profondément encore, jusqu'à la colonne vertébrale. Le hoquet fut suspendu l'espace de quarante-huit heures. Après ces premiers succès, on se garda bien d'interrompre le moyen, et bientôt l'acupuncture, jusqu'alors palliative, amena une guérison complète. Ce fait est curieux, non-seulement par la terminaison de la maladie, mais encore parce que l'aiguille a traversé, sans qu'il y ait le moindre accident, des organes dont la lésion est regardée comme mortelle. On pourrait encore élever quelques doutes sur la cause de cette guérison, en apprenant qu'on agit simultanément sur le moral de la malade, et que, par de justes réprimandes, on mit fin à l'habitude qu'elle avait contractée depuis très-long-temps (ce dont on ne s'était point aperçu d'abord) d'exercer sur elle des manœuvres aussi contraires à la morale qu'à la santé ; mais la cessation du hoquet fut spontanée ; elle eut lieu aussitôt qu'on fit usage de l'acupuncture ; elle ne fut que momentanée, et ce hoquet ne fut emporté que par de nouvelles opérations , tandis que la cessation de l'habitude qu'avait la malade ne pouvait produire des effets avantageux qu'après un laps de temps considérable. Ainsi donc tout ce qu'on peut admettre, c'est qu'elle y ait contribué, qu'elle en ait hâté le cours, prévenu les rechutes.

Ayant traversé l'estomac , cet organe auquel des physiologistes modernes font jouer un rôle si exclusif, soit dans la santé , soit dans les maladies , M. *Bretonneau* voulut savoir de quelle gravité serait la pratique de l'acupuncture sur d'autres organes non moins essentiels ; je veux dire le cœur, le poumon et le cerveau. Il fit donc des expériences , qui donnèrent les résultats suivans.

Ayant pris six jeunes chiens de très-forte race, il fit entrer une aiguille dans la substance même de leur cerveau. La faisant pénétrer d'abord par la fontanelle antérieure, il la dirigea d'avant en arrière jusqu'à l'occiput. L'ayant retirée presque aussitôt , il l'enfonça au-dessous de l'angle antérieur et inférieur d'un pariétal, la dirigea transversalement jusqu'au côté opposé, puis la retira, comme dans le premier cas. Trois de ces animaux témoignèrent par leurs gémissemens qu'ils étaient loin de rester insensibles à ce nouveau stimulus. Trois autres ne poussèrent aucun cri, ne parurent pas même s'en être aperçus ; aucun d'eux n'éprouva d'accident consécutif à l'opération. L'expérience fut renouvelée plusieurs fois sans aucun inconvénient.

La même aiguille fut alors introduite chez les mêmes animaux à travers les parois de la poitrine, dans la région du cœur, assez profondément pour intéresser cet organe. Ce qui prouve que l'expérimentateur atteignit le but proposé, c'est qu'à chaque contraction de l'organe, l'aiguille éprouvait des mouvemens d'élévation et d'abaissement en harmonie avec ceux de systole et de diastole. Trois ont supporté cette nouvelle acupuncture sans accident. Un quatrième succomba une demi-heure après. On en fit l'ouverture ; on trouva un peu de sang épanché dans la cavité du péricarde. Le cinquième devint languissant, faible, parut ne pouvoir survivre. L'ayant fait périr, on trouva, comme chez le précédent, du sang dans le péricarde, mais en moindre quantité. Chez le sixième, l'aiguille n'atteignit pas le cœur ; le poumon fut traversé : l'animal n'en fut pas incommodé. Il y a tout lieu de croire que si l'on se fût servi d'aiguilles très-fines, semblables à celles dont M. *Cloquet* fait usage, aucun de ces animaux n'eût été victime de l'expérience. Après avoir traversé le cœur, le même praticien traversa des artères de tous les calibres sans qu'il survînt jamais rien de fâcheux. Enfin sa sécurité devint si grande, qu'il ne craignit pas d'introduire sur lui-même la pointe d'une aiguille, très-fine, il est vrai, dans les parois des artères brachiale et radiale.

M. *Bretonneau* eut encore occasion de recourir à l'acupuncture dans un cas de rhumatisme très-ancien, lequel disparaissait pendant la saison d'été, pour se faire sentir de nouveau chaque fois que le temps devenait froid et humide. Ce rhumatisme avait son siége dans la région deltoïdienne, s'étendait à toute la partie postérieure de l'épaule, faisait beaucoup souffrir l'individu qui en était affecté. Plusieurs médications ayant été infructueuses, il fit usage de l'aiguille ; elle fut placée sur le point où la douleur se faisait sentir avec le plus d'intensité. La première introduction fit aussitôt cesser le mal, qui reparut vingt-quatre heures après, mais beaucoup moins vif. On revint à l'acupuncture ; on y revint chaque fois que la douleur s'est reproduite. Enfin, quand on eut usé sept fois du même moyen, elle disparut entièrement : la guérison fut complète. Ces douleurs se sont-elles fait sentir depuis ? C'est ce que je n'oserais affirmer.

Ces heureux essais, semblaient promettre un fréquent emploi de l'aiguille. Les observations furent recueillies, rapportées, puis elles restèrent enfouies. Les malades profitèrent des bienfaits de l'opération ; et, comme il arrive trop souvent dans la société, le bienfaiteur fut oublié.

Il y a deux ans, M. *Velpeau*, répéta quelques-unes de ces expériences. Il fit passer une aiguille très-fine à travers les parois du cœur d'un chien, l'y laissa plusieurs minutes. L'animal ne donna

3

aucun signe de douleur. L'aiguille retirée , il n'y eut pas le moindre
accident ; le chien ne perdit rien de sa vigueur. On le tint renfermé
pendant plusieurs jours , après lesquels il s'enfuit.

J'ai vu un chat auquel on traversa dernièrement la poitrine
d'outre en outre. L'animal est encore aujourd'hui plein de vie.

L'auteur de l'article *acupuncture* du nouveau Dictionnaire de médecine, M. *Béclard*, est loin d'en conseiller la pratique. Il dit qu'avant
d'étudier les effets thérapeutiques de cette singulière opération, il
convient d'apprécier avec exactitude les effets de la piqûre sur les
diverses parties du corps.

M. *Béclard* ajoute que si les piqûres les plus profondes, celles
mêmes qui intéressent les viscères, ne produisent pas toujours des
accidens; cependant elles en déterminent quelquefois de très-graves,
même la mort.

La piqûre par rotation est, dit-il, moins douloureuse, et suivie
de moins d'accidens.

Enfin il termine par cette phrase : « Avant d'avoir fait des expériences sur cette opération, et avant qu'elle fût employée comme
moyen curatif en usage , j'étais assez disposé à croire qu'il fallait la
laisser à ses inventeurs. L'expérience m'a confirmé dans cette
opinion »

J'avoue que je suis loin de partager l'opinion de ce savant professeur ; et les faits que j'ai consignés dans la troisième partie de cette
dissertation sont loin d'être en harmonie avec ses assertions.

DEUXIÈME PARTIE.

Guidé, sans doute, par la connaissance de la plupart des faits que
j'ai rapportés, M. *Jules Cloquet* résolut de faire revivre l'acupuncture , de vérifier les assertions des auteurs qui l'avaient employée, de
démontrer par une série de faits ses avantages et ses inconvéniens;
enfin de déterminer le rang que cette opération doit occuper parmi
les agens thérapeutiques, bien persuadé qu'elle ne pouvait avoir de

grands inconvéniens, si elle n'avait pas toutes les vertus qu'on lui accordait.

Ce fut d'abord dans le traitement des douleurs rhumatismales qu'il y eut recours. Ayant réussi, même au-delà de son espoir, il multiplia ses recherches : nouveaux succès. Bientôt il en usa dans le traitement d'autres maladies.

N'ayant pas été moins heureux, placé sur un théâtre convenable pour observer beaucoup (*les salles de chirurgie et de consultation de l'hôpital Saint-Louis*), il pratiqua l'acupuncture un nombre infini de fois. Mais ce ne fut point assez pour lui de jouir du succès, il voulut remonter à la cause ; bientôt il crut remarquer des phénomènes qui avaient échappé à ses devanciers. Après s'être convaincu qu'il ne s'était point trompé, il fit sur ce sujet un mémoire, présenté successivement à l'académie royale de médecine, puis à l'Institut.

Voici les propositions fondamentales qui s'y trouvent contenues.

1.° L'acupuncture agit essentiellement sur les douleurs, quelle que soit leur cause, quel que soit leur siége.

2.° De ces douleurs, les unes disparaissent sans retour, d'autres reparaissent après un temps variable ; mais presque toujours plus faibles qu'avant l'opération, et peuvent être enlevées derechef par une ou plusieurs nouvelles acupunctures.

3.° Enfin, quelques douleurs, nous dit-il, diminuent seulement d'intensité, sans disparaître entièrement ; d'autres sont transposées.

Il termine en demandant si, après avoir démontré que dans l'acupuncture l'aiguille se charge d'électricité, la douleur ne reconnaîtrait pas pour cause une accumulation de fluide électrique dans la partie qui en est le siége ; si enfin, la cause première de toute inflammation ne consisterait pas dans l'accumulation du même fluide, et si au moyen de fils conducteurs adaptés aux aiguilles on n'augmenterait pas l'intensité du remède.

Ayant suivi la plupart des expériences de M. *Jules Cloquet*, ayant vu pratiquer l'acupuncture un grand nombre de fois, en ayant usé moi-même, je vais exposer les faits qui m'ont frappé le plus, faisant précéder cet exposé par la description de l'opération et des phénomènes qu'on observe pendant son cours.

Pour pratiquer l'acupuncture, M. *Cloquet* se servait d'abord d'une simple aiguille à coudre, dont l'extrémité supérieure, ou mieux celle destinée à recevoir le fil, était enduite de cire à cacheter, et formait un petit manche olivaire pour en faciliter l'introduction. Bientôt après, il fit usage d'une aiguille surmontée d'un petit manche d'ivoire contourné en pas de vis allongé, parfaitement semblable à celle dont on trouve la description dans *Kæmpfer*, et qui est usitée en Chine, si ce n'est que l'aiguille était d'acier. Peu de jours après, cet instrument fut modifié par M. le professeur *Récamier*. Ce professeur fit fabriquer des aiguilles de diverses longueurs, puis il les monta sur une espèce de porte-pierre. La base de l'aiguille se trouve placée dans une cavité; elle y est retenue, pressée par une vis que l'on serre à volonté. Appuyant sur la tête de la vis, on force cette dernière à monter ou à descendre entre une coulisse pratiquée sur l'un des côtés du porteaiguille, par le même mécanisme qui fait rentrer ou sortir une lame de canif de son manche. L'aiguille étant retenue à l'aide de la pression exercée par la vis, on peut la faire remonter, et la cacher entièrement ou en partie au malade qu'on veut opérer. Puis, veut-on pratiquer l'acupuncture, on place son porte-aiguille sur le point qu'on veut piquer : pressant alors sur la vis, on enfonce la pointe de l'instrument dans les tissus, soit directement soit obliquement, lui faisant ou ne lui faisant pas exécuter de mouvemens de rotation. Lorsqu'on juge qu'il a pénétré assez profondement, on tourne la vis en sens opposé; la base de l'aiguille cessant de se trouver pressée, on peut retirer le porte-aiguille, pour s'en servir de nouveau. Ce procédé, vraiment très-ingénieux, a l'avantage de ne point intimider les malades; il convient surtout lorsqu'on a affaire à un de ces individus timorés et pusillanimes ; mais il a l'inconvénient de compliquer l'opération, de la rendre un peu plus longue, par conséquent plus douloureuse.

Le même praticien a fait usage d'aiguilles d'or ; mais , comme il est impossible de les rendre aussi fines et aussi aiguës que celles d'acier sans devenir trop flexibles, je crois qu'il est convenable de les rejeter et de se servir de celles dont nous allons faire la description.

Ayant cru remarquer des phénomènes qui lui firent présumer l'accumulation d'un fluide électrique ou d'une autre nature sur les aiguilles pendant leur séjour dans les tissus, M. *Cloquet* donna à cet instrument la forme suivante. Son aiguille est toute d'acier, la longueur est variable suivant qu'il veut la faire pénétrer plus ou moins avant. Le degré de finesse qu'il lui donne est proportionné à l'importance des organes qu'elle est appelée à traverser. De ses deux extrémités, l'une, ou le manche, a la forme d'une très-petite olive, ou bien elle est arrondie dans la longueur de trois à huit lignes, suivant que l'aiguille elle-même est plus ou moins longue ; son diamètre est d'une ligne environ ; elle est surmontée d'un petit anneau métallique destiné à recevoir un fil conducteur du fluide électrique ou nerveux. Le corps et la pointe sont aussi fins que possible. C'est dans l'endroit même où la douleur se fait sentir le plus vivement que doit être placé l'instrument. Dans le cas où la nature des tissus ne le permettrait pas, ce serait dans le lieu le plus voisin qu'on devrait l'introduire. Cette règle générale présente une exception ; dans les névralgies, la partie voisine convient mieux. On ne doit pas négliger dans la pratique de l'acupuncture d'éviter les gros troncs nerveux, les cavités articulaires ; et bien que les expériences de M. *Bretonneau* soient très-concluantes, il est sage de s'abstenir de perforer les artères.

La partie que doit intéresser l'aiguille est-elle bien déterminée, on tend la peau ; car si l'on omettait cette précaution, surtout chez les personnes dont ce tissu est lâche, flasque, cette dernière, se roulant

autour d'elle, en rendrait l'introduction plus difficile et plus douloureuse.

L'aiguille étant saisie de la main droite, entre le pouce et l'indica-
teur, sera plongée perpendiculairement, puis ensuite dirigée obliquement suivant l'indication que présentent et la nature du mal et la
nature des tissus, en exécutant un mouvement de demi-rotation. Il est
important de ne pas outre-passer la partie dans laquelle siége la douleur, car l'observation a démontré au chirurgien de Saint-Louis que
l'opération aurait des résultats moins avantageux pour le malade; c'est
surtout dans les rhumatismes musculaires qu'il importe d'y faire attention, et il vaudrait incomparablement mieux ne point arriver jusqu'au muscle malade, car alors le remède aurait la même efficacité, ou
peu s'en faut. Si l'on suit les conseils que je viens de donner, l'entrée
de l'aiguille se fera sentir à peine. Mais, est-elle placée, on voit bientôt commencer une série de phénomènes dont la connaissance est
due à M. *Cloquet*: la douleur cesse de se faire sentir, cela n'a pas
lieu constamment. Chez quelques personnes, la douleur primitive,
ou, pour mieux la désigner, la douleur morbide, cesse également.

Ce cas n'est pas encore le plus ordinaire, et ce n'est qu'après un laps
de temps plus ou moins long, qu'on la voit diminuer ou céder entièrement. Approche-t-on alors, le doigt de la partie de l'aiguille qui se trouve
libre, la touche-t-on très-légèrement, on n'éprouve rien de notable ;
la peau est quelquefois soulevée autour de l'instrument, conser-
vant sa couleur naturelle; puis bientôt elle s'affaisse, et l'on voit se
former une aréole rouge, érysipélateuse. L'époque de la formation
de cette dernière est loin d'être toujours la même; quelquefois on
la voit cinq ou dix minutes après l'entrée de l'aiguille; dans plus
d'un de ces cas ce n'est qu'après deux et trois heures; enfin j'en ai
vu beaucoup où elle ne s'est pas manifestée du tout. Le malade
ressent alors des élancemens se dirigeant vers la pointe, des contrac-
tions musculaires, de l'engourdissement, suivant le trajet des gros
cordons nerveux, des tremblemens fibrillaires. Tous ces phénomènes sont loin d'être constans, et ils n'ont pas lieu simultanément.

(23)

Il n'est point rare de voir survenir à cette époque des sueurs ré-
pandues sur la partie de la peau correspondante à l'organe siége de la
douleur ; quelquefois, mais plus rarement, ces sueurs sont générales.
La douleur a dès-lors cessé, ou se trouve diminuée, ou bien transpo-
sée, reportée, mais ordinairement plus faible, dans un lieu plus ou
moins distant de l'aiguille. C'est encore vers ce temps que se manifestent quelquefois des lipothymies plus ou moins prononcées , plus ou
moins durables ; c'est là même le seul véritable accident que j'aie vu
résulter de l'emploi de ce moyen. L'apparition de cette lipothymie
me semble ne pouvoir être causée par la douleur produite par la piqûre , puisqu'elle n'a lieu qu'après que la sensation douloureuse a disparu. Je pense donc qu'il doit exister une autre cause. Plein d'une réflexion de M. *Récamier*, qui, pendant le paroxysme d'une fièvre intense
faisait des aspersions d'eau froide, dit : Je pratique une saignée de ca-
lorique et d'électricité, je me demandai si l'aiguille n'agirait pas ici
comme un véritable paratonnerre introduit dans l'économie ; si, en
un mot, elle ne se chargerait point de fluide électrique. Je fis part
de cette opinion à M. *Cloquet* , et c'était celle qu'il avait adoptée ;
mais il restait à en démontrer la justesse, à l'étayer par des
faits , car jusqu'alors ce n'était qu'une hypothèse, et il y a loin du
vraisemblable au vrai.

Voici comment on acquit cette certitude, et ce fut M. *Cloquet*.
Ayant enfoncé une aiguille dans la cuisse d'une malade à la profondeur d'un pouce , environ dix minutes après l'introduction ,
lors de la formation de l'auréole , il toucha le corps de cette aiguille.
Après avoir préalablement mouillé avec de la salive la pulpe de son
doigt, il ressentit un petit choc après deux ou trois minutes, choc assez
semblable à celui produit par un fil conducteur d'une pile de *Volta*
très-faible. A chaque nouveau toucher la malade accusait des picotemens très-vifs, des étincelles de douleur, partant de la pointe de l'aiguille. Si le toucher se répétait trop souvent, la sensation cessait
d'être distincte , sans doute parce que l'aiguille n'avait pas le temps
de se charger d'un nouveau fluide. Attendait-on quelques minutes ,

les mêmes effets se reproduisaient. Je répétai cet expérience, et j'eus
bientôt la conviction que je n'étais pas dupe de mon imagination, car
dans certains cas ce choc était assez fort pour causer un léger engourdissement dans tout le doigt explorateur. M. le professeur *Récamier*,
à qui j'en parlai, n'en parut pas surpris ; il voulut aussitôt expérimen-
ter. Il plaça donc deux aiguilles dans la région lombaire d'un malade,
les fit entrer à la profondeur de quinze lignes, laissant entre elles un
intervalle de deux pouces environ. L'individu sur qui il pratiqua cette
opération était affecté d'un rhumatisme musculaire. Cinq minutes
après leur introduction, ayant touché celle qui avait été placée la première ; le choc lui parut très-distinct : il le fut également pour plusieurs élèves présens ; d'autres auxquels la sensation ne parut pas
aussi claire, soit prévention, soit que la dose de sensibilité départie à ces personnes fût moindre, sans nier le fait, refusèrent de
l'admettre. On proposa de placer un corpuscule sur la barbe d'une
plume, et de le présenter à l'aiguille. On prit un très-petit mor-
ceau de papier, qui, dès qu'il fut à la distance d'une demi-ligne,
vola sur elle, et puis tourna autour, du moins on le crut. On recom-
mença : le même phénomène eut lieu. Mais avec le temps la présence
du fluide devait être démontrée par des expériences bien plus con-
cluantes. On se servit d'un électromètre, et cela en présence de
M. le professeur *Pelletan*. L'instrument était défectueux : on ne re-
connut la présence d'aucun fluide, et sans la persévérance de M. *Cloquet* on eût constamment nié ce qui aujourd'hui paraît si bien
démontré.

L'essai fut donc répété. On se servit d'un électromètre très-sensible,
et l'existence d'un fluide électrique fut mise hors de doute. Est-ce
bien du fluide électrique ? ou bien est-il nerveux, comme l'appelle
M. *Cloquet ?* Enfin si c'est du fluide électrique, est-il positif ? est-il
négatif ? Ce sont autant de questions auxquelles on n'a pas encore
répondu. MM. *Pelletan, Pouillet, Edward's,* et plusieurs autres
physiciens, s'en occupent : bientôt peut-être nous l'apprendron-ils.

M. *Béclard,* qui a fait des expériences, dit que si l'on vient à enfoncer un fil métallique très-délié dans une partie du corps quelle qu'elle soit, pourvu que l'autre extrémité soit mise en contact avec un corps humide, les phénomènes galvaniques ont lieu. Par exemple, si vous plongez un fil métallique dans la partie supérieure de la cuisse, et que l'autre extrémité aille se rendre à la bouche, surface humide, il se développera de l'électricité, et le courant cheminera de bas en haut.

Mais si l'on vient à former un cercle électrique, c'est-à-dire si l'on pique avec l'extrémité du fil la partie supérieure de la cuisse; que l'on fasse pénétrer l'autre extrémité dans la partie inférieure du même organe, le cercle sera formé d'un côté par le demi-arc de fil, de l'autre par la cuisse; il se dégagera de l'électricité; mais dans quel sens se dirigera le courant galvanique? On l'ignore.

M. *Pouillet*, qui, comme nous l'avons dit, s'est occupé de ce sujet, après avoir reconnu la présence de l'électricité, se demande si ce développement de fluide électrique n'est point dû à autre chose que le contact du métal avec les tissus vivans. D'après l'observation faite par M. *Cloquet* de l'oxydation des aiguilles, oxydation que vérifia ce savant physicien, cette circonstance est une condition nécessaire à la production des phénomènes électriques. Pour s'en assurer, il se servit d'aiguilles qui ne s'oxydent que très-difficilement, ou plutôt pas du tout (d'aiguilles de platine); il les fit pénétrer dans les tissus, n'obtint pas de dégagement de fluide électrique, fut enfin confirmé dans son opinion.

Le même physicien, pensant que les nerfs pourraient être considérés comme des conducteurs électriques; que leur action sur le système vivant était due à l'électricité, les corps métalliques en étant les meilleurs conducteurs, voulut interrompre le courant. Pour cela, il enfonça un fil de laiton très-fin dans la moelle épinière d'un animal à la région cervicale, l'autre extrémité à la région lombaire; il n'y eut pas de phénomènes électriques.

M. *Cloquet* dit, et cela après avoir expérimenté, que l'action de l'aiguille serait plus marquée, si, un conducteur étant adapté à sa

4

base, l'autre extrémité de ce conducteur était plongée dans un vase rempli d'eau saturée d'acide muriatique ou de muriate de soude. En effet, lorsqu'il a opéré ainsi, j'ai vu l'action de l'aiguille plus prompte, les douleurs ressenties vers sa pointe ont été plus vives, quelquefois même il a fallu retirer momentanément le conducteur et même l'aiguille pour calmer les élancemens perçus par le malade.

Cette série d'expériences nous conduit naturellement à cette réflexion : la disparition ou la diminution de la douleur, puisqu'on observe qu'elle a lieu, est-elle due à la soustraction de fluide électrique ou nerveux? ou bien la cause reste-t-elle à connaître?

Si j'adoptais l'opinion de M. *Cloquet,* la question serait résolue par l'affirmative; car, selon lui, il n'y a ni disparition ni diminution de la douleur sans soustraction de fluide, et c'est bien d'après cette explication qu'il a émis cette proposition, sous forme dubitative, il est vrai, que la douleur, et de plus l'inflammation, reconnaissaient pour cause l'accumulation de fluide électrique ou nerveux dans l'organe où elles existent.

Comme on le voit, cette proposition conduit très-loin.

Mais M. le professeur *Pelletan* affirme, d'après ses expériences, que l'action de l'aiguille sur l'économie est tout-à-fait indépendante de tout phénomène électrique, de toute oxydation ; car, en se servant d'instrumens de platine, d'or, les malades n'éprouvent pas de moins bons effets de l'acupuncture. La pratique des Chinois vient encore à l'appui de cette opinion ; car nulle part l'acupuncture n'est plus employée, plus préconisée, et cependant tous leurs instrumens sont fabriqués avec l'or ou l'argent. M. *Cloquet* a fait lui-même usage d'aiguilles d'argent, et je n'ai point remarqué que sa pratique fût beaucoup moins heureuse.

Bien plus, si, introduisant des aiguilles dans les tissus, vous les mettez en rapport avec les conducteurs d'une pile de *Volta* en action, le malade ressent une douleur plus vive ; mais plus tard elle diminue, lorsque la pile cesse d'agir ; puis enfin elle disparaît assez communément.

Mais laissons de côté ces diverses opinions et continuons la description. Lorsqu'on pense que l'aiguille a séjourné assez long-temps, ce qui
varie beaucoup suivant les affections on la retire. D'abord M. *Cloquet*
ôtait les aiguilles aussitôt que toute douleur primitivement existante,
ou même produite par l'instrument, avait cessé de se faire sentir. Mais
maintenant l'expérience lui a démontré qu'il valait beaucoup mieux
les laisser plus long-temps. Aussi les fait-il séjourner huit, dix, vingt-
quatre heures, enfin dans beaucoup de maladies quarante-huit heures;
après quoi il les retire, très-souvent pour les remplacer par d'autres.

Généralement l'extraction est plus douloureuse que l'introduction,
surtout si l'aiguille a séjourné long-temps, et si, à l'aide de la pile,
on l'a chargée de fluide électrique. Il ne sort pas de sang ; quelquefois cependant j'ai vu suinter une et même plusieurs gouttelettes de
ce liquide. Si alors on examine l'aiguille, elle a éprouvé des changemens
très-notables ; sa couleur n'est plus la même. A-t-elle séjourné peu
de temps, sa pointe seule est oxydée; le reste de la surface qui a séjourné
dans les tissus présente des couches concentriques d'oxydation sé-
parées par des intervalles dans lesquels la couleur naturelle subsiste
encore. Mais l'instrument a-t-il été placé pendant long-temps, l'oxydation a lieu à toute sa surface ; elle sera bien plus considérable encore
si l'on a fait usage de la pile. La nature des tissus, l'intensité des douleurs, paraissent aussi donner quelque différence. Plus la partie sera
douloureuse, plus la somme de sensibilité qui lui est départie naturellement sera grande, plus l'oxydation sera marquée.

Cette oxydation rend compte de la sensation pénible qu'éprouvent
les malades lorsqu'on retire les aiguilles ; car, ayant perdu leur poli,
elles irritent des parties déjà très-sensibles, et dont la sensibilité a
encore été accrue par leur présence.

Veut-on se servir de nouveau des mêmes aiguilles, on est obligé
de les frotter fortement avec un papier enduit d'émeri. Par ce moyen,
on ôte l'oxydation, on leur rend leur poli.

Ayant pratiqué l'acupuncture sur le cadavre, je laissai séjourner
l'aiguille une heure environ ; quand je la retirai, elle n'était pas du

tout oxydée. Je fis chauffer ensuite la partie sur laquelle je plaçai mon aiguille ; alors il y eut de l'oxydation, mais bien peu.

Tel est l'ensemble des phénomènes que j'ai remarqués, et qu'on peut observer pendant l'opération de l'acupuncture. Passons maintenant à l'examen des résultats obtenus par son emploi.

TROISIÈME PARTIE.

Cette partie de ma dissertation ayant pour but de faire connaître les circonstances dans lesquelles il convient d'employer l'acupuncture, d'indiquer ses avantages et ses accidens, j'ai cru ne pouvoir mieux répondre que par l'exposé des faits ; car *facta potentiora verbis*.

Céphalalgie.

I.re OBSERVATION.

Le nommé A...., jeune homme âgé de vingt-cinq ans, très-irritable, éprouva, le 24 janvier, de vives commotions morales. Obligé de faire plusieurs courses pendant un temps humide et malsain, il se trouva considérablement fatigué, ressentit une brisure des membres, une céphalalgie on ne peut plus forte, surtout vers la région frontale. Je plaçai dans cet endroit une aiguille ; je la fis pénétrer obliquement sous la peau, dans l'étendue d'un pouce environ : l'introduction fut à peine perçue. Une heure après, la céphalalgie avait disparu ; il ne restait plus qu'un peu de pesanteur. L'aiguille fut laissée trois heures ; il sortit en la retirant une gouttelette de sang. Le malade fut aussitôt complètement guéri ; la céphalalgie n'a point reparu.

J'ai remarqué qu'à sa sortie l'aiguille était entièrement oxydée.

II.e OBSERVATION.

J'éprouvais depuis quelques jours une douleur de tête gravative. Cette douleur, étant devenue beaucoup plus vive, m'empêchait de

dormir. Je voulus éprouver sur moi-même les effets de l'aiguille.
D'une main mal assurée j'introduis une aiguille dans la région temporale. J'avoue que, malgré l'intensité de ma première douleur, je
sentis très-bien celle produite par l'aiguille, qui ne pénétra qu'à la
profondeur de quelques lignes. Peu de temps après l'introduction,
je ressentis une espèce de frisson vers sa pointe ; ma tête me parut
moins lourde, mais la douleur ne cessa pas entièrement. Cependant
je fus beaucoup soulagé, assez pour pouvoir lire, m'occuper d'objets
qui fixassent mon attention ; mais, trois heures après, la douleur
reparut plus vive qu'auparavant, puis disparut, comme cela arrive
naturellement, et sans acupuncture, deux jours après.

J'attribue cette douleur à l'état de l'atmosphère et à mon séjour
dans un cabinet très-échauffé.

Huit jours après, ayant de nouveau éprouvé une céphalalgie plus
forte encore que la première, j'employai l'acupuncture. La douleur
se faisait surtout sentir sur les côtés de la tête. Je plaçai une aiguille
très-fine dans la région temporale gauche ; je l'enfonçai obliquement
à la profondeur d'un pouce : l'introduction fut à peine sentie. Une
heure après, la douleur avait disparu. L'aiguille fut laissée dix heures,
et retirée très-oxydée.

La guérison persista ; il ne me resta qu'un peu de pesanteur pendant vingt-quatre heures.

Hémicranie.

Ire OBSERVATION.

La nommée J...., âgée de quarante ans, entra, le 18 décembre,
à l'hôpital Saint-Louis, salle Sainte-Marthe, n.° 28, pour des douleurs insupportables qu'elle ressentait dans le côté droit de la tête.
Ces douleurs s'étendaient à l'oreille du même côté. Anciennement
affectée de syphilis, dont elle a été guérie, cette malade a eu au
front deux exostoses qui ont suppuré, et dont on voit encore la cica-

trice. A ces exostoses succéda l'hémicranie dont nous parlons. Les douleurs étant continues, il y avait privation de sommeil, trouble dans les fonctions digestives. On pratiqua l'acupuncture le 6 janvier. L'aiguille fut placée obliquement, à la profondeur de huit à dix lignes, dans la tempe du côté malade; laissée deux heures, on la retira très-oxydée. Le soulagement se fit sentir aussitôt qu'elle eut pénétré les tissus; il persista après qu'on l'eut retirée. La malade dormit très-bien toute la nuit suivante; ce qui ne lui était pas arrivé depuis long-temps: le lendemain le mal avait disparu. Cette femme resta jusqu'au 14 janvier. N'ayant pas éprouvé de nouvelles atteintes de son mal, elle partit, la guérison étant jugée complète.

IIe OBSERVATION.

La nommée Ménard est entrée, le 22 décembre, à l'hôpital Saint-Louis, salle Sainte-Marthe, pour y être traitée d'une affection vénérienne existant depuis trois ans. Elle a déjà fait plusieurs traitemens, qui tous ont été incomplets.

Eprouvant depuis plusieurs jours de violens maux de tête, surtout à gauche (douleurs éprouvées déjà plusieurs fois), accompagnés d'insomnie, de perte d'appétit, d'inquiétudes, de chaleur à la peau de la tempe et du front, d'accélération du pouls.

Le 5 janvier, on lui pratiqua l'opération de l'acupuncture. L'aiguille fut placée dans la tempe du côté malade; on la fit pénétrer obliquement dans l'étendue d'un pouce environ; elle y fut laissée pendant deux heures. Dès l'instant où l'aiguille a eu traversé les tissus, la malade a cessé de souffrir.

La douleur n'a pas reparu jusqu'à ce jour 22 janvier.

Névralgie crânienne.

Ire OBSERVATION.

Le sujet de cette observation est un jeune homme fort et bien constitué. Il éprouve depuis plusieurs années des douleurs très-vives à la partie supérieure de la tête ; elles sont superficielles , et semblent existér entre le cuir chevelu et les os : le seul toucher des cheveux produit une sensation pénible. Le malade ne sait à quoi attribuer l'existence de cette maladie. Ayant consulté M. *J. Cloquet* vers la fin de décembre, une aiguille fut placée sur le point douloureux, introduite obliquement sous le cuir chevelu , et laissée une heure. Presque aussitôt après qu'elle a pénétré, la douleur a disparu ; il ne resta plus qu'une pesanteur. Le lendemain on répéta l'acupuncture. Bien que la douleur n'ait point reparu, il y a encore eu cette fois un peu de soulagement ; cependant la pesanteur dont nous avons parlé plus haut existait encore. L'individu, se croyant guéri , ne revint plus. Quinze jours après, les premiers symptômes maladifs reparurent , mais avec moins d'intensité. Après avoir souffert pendant quinze autres jours sans chercher de remède à son mal , il revint. Une aiguille fut placée comme précédemment ; laissée alors pendant vingt-quatre heures , le succès ne fut pas moins marqué que la première fois. Depuis cinq jours on la laissée en permanence, la changeant tous les jours ; et depuis ce moment tout a disparu , le jeune homme n'éprouve plus d'autres souffrances que celles produites par l'aiguille.

La guérison a paru complète le 28 janvier.

II.ᵉ OBSERVATION.

Le nommé H. . . . âgé de vingt-six ans, domestique, demeurant près Bicêtre, éprouvait, depuis deux mois des douleurs très-vives dans le trajet parcouru par le nerf sciatique ; ces douleurs se propageaient à la jambe, où elles étaient également très-fortes, suivant le trajet du nerf péronier. Cet homme étant venu à la consultation de l'Hôtel-Dieu, on plaça trois aiguilles , l'une à la partie supérieure et externe de la cuisse, l'autre à la réunion des deux tiers supérieurs avec l'inférieure ; enfin la troisième à la partie externe du mollet. Leur introduction parut faire beaucoup souffrir le malade. Bientôt il ressentit des élancemens , des picotemens très-vifs, des tiraillemens partaut de tous les points du membre convergeant vers la pointe des a'gui les. Après un quartd'heure il eut une lipothymie ; mais il fut b'entôt rappelé à son état naturel. Les aiguilles furent laissées trois quarts d'heures, après quoi on les retira ; il n'éprouva aucun soulagement, partit bientôt comme quand il était venu , et qui, plus est, très-faible. Ce malade n'a pas reparu.

III.ᵉ OBSERVATION.

Le nommé Pierre Oudia , âgé de quarante-sept ans , ancien militaire, homme fort, robuste, n'ayant jamais eu d'autres maladies que des blessures et une affection vénérienne , qui fut bien traitée et guérie complètement, a éprouvé en septembre 1821 des douleurs très-vives, surtout pendant la nuit ; elles ont leur siége sur le membre inférieur droit, s'étendent depuis la région sacrée jusqu'à l'extrémité des orteils, suivant toujours le trajet du nerf sciatique. Oudia éprouve un sentiment de froid très-marqué dans tout ce membre ; les douleurs sont continues ; il y a souvent des exacerbations, des crampes très-fortes. Il attribue cette maladie à l'exposition au froid, à l'humidité , à ses fatigues. Des linimens avec l'huile et l'ammoniaque lui ayant été prescrits dans les premiers temps, il en a fait usage, mais sans succès. Ne pouvant marcher , travailler pour subvenir à ses besoins, il entra à l'Hôtel-Dieu. On lui fit deux saignées du pied ét deux du bras ; on retira très-peu de sang à chaque saignée. On employa concurremment les bains tièdes : leurs effets ne furent point avantageux ; il n'y eut aucun amandement à ses douleurs. Cette méthode de traitement fut délaissée ; on eut recours alors aux vésicatoires placés en divers endroits , mais toujours sur le trajet du nerf sciatique : pas de bons effets. Le mal devint plus vif encore. Non-seulement Oudia ne put marcher , mais il éprouva des douleurs plus vives qu'antérieurement.

On essaya si alors l'extrait de noix vomique réussirait mieux. Elle fut administrée avec persévérance à haute dose : le succès fut loin de répondre au but qu'on s'était proposé. Oudia eut des convulsions, des vomissemens; il s'est trouvé dans un état analogue à celui que cause l'ivresse, abasourdi, la tête pesante, mais sans aucun allègement de la douleur primitive. Ayant quitté l'Hôtel-Dieu, il se mit entre les mains des empiriques. Une femme lui fit prendre cinquante-deux purgations en soixante jours. Son corps fut assez robuste pour résister à cette médication incendiaire ; il fut même dit-il un peu soulagé ; mais bientôt, ce prétendu soulagement cessa de se faire sentir ; il fut obligé de rentrer à l'hôpital. On essaya alors le galvanisme. Son état ne changea point. Enfin, étant venu à Saint-Louis, le 5 janvier 1825, on lui plaça deux aiguilles à la région sacrée ; elles pénétrèrent d'un pouce, furent laissées une heure. La douleur disparut, puis se reporta sur le genou. Cinq jours après, deux nouvelles aiguilles furent mises obliquement sur les côtés de cette articulation; on les laissa deux heures : le mal disparut encore, puis bientôt se fit sentir vers l'articulation tibio-tarsienne. On agit alors comme sur le genou. Deux nouvelles aiguilles introduites séjournèrent trois heures ; aussitôt qu'on les eut mises, disparition de la douleur.

Le malade ayant encore ressenti pendant quelques jours de légères atteintes, on plaça successivement cinq aiguilles suivant la direction du sciatique. Depuis le 24, il n'a rien ressenti qu'un léger tremblement ; il dort très-bien, commence à marcher, quoique avec la plus grande difficulté. On a cependant lieu de croire que l'exercice suffira pour lui rendre la liberté de ses mouvemens.

Rhumatisme musculaire.

I.re OBSERVATION.

Le jeune homme sujet de cette observation est âgé de quinze ans; il est vif, fort, robuste. Il éprouvait des douleurs très-aiguës dans la partie postérieure du cou depuis près de huit jours. La pression sur ce point était douloureuse. Il ne pouvait tourner la tête ni à droite ni à gauche; les mouvemens d'élévation et d'abaissement étaient également pénibles.

Une aiguille fut placée sur le point douloureux, enfoncée d'un pouce. La douleur produite par la piqûre fut peu vive. Dix minutes après, l'aréole se forma : les douleurs disparurent. L'aiguille fut enlevée au bout de trois quarts d'heure. La douleur n'a jamais reparu. Ayant examiné ce jeune homme le lendemain de l'opération, je le vis exécuter sans douleur tous les mouvemens impossibles la veille; il ne lui restait qu'un peu de roideur dans ces mouvemens. (Consultation de l'hôpital Saint-Louis.)

II.ᵉ OBSERVATION.

Le nommé M....., âgé de vingt-quatre ans, fort, robuste, étudiant, éprouve des douleurs très-vives dans les muscles de la partie postérieure du cou. Ces douleurs ne sont pas continues; elles paraissent lorsque le temps est froid, le font souffrir pendant trois ou quatre jours, quelquefois pendant huit; puis elles disparaissent sans traitement. Lorsqu'elles existent, elles sont assez vives pour causer l'insomnie; elles gênent considérablement les mouvemens de la tête. La pression n'est que peu douloureuse. Dans un moment où elles étaient fortes, je plaçai une aiguille à un pouce au-dessus des apophyses épineuses cervicales : je l'enfonçai d'un pouce environ. L'introduction fut très-douloureuse. Tant qu'elle séjourna le malade accusa des picotemens très-vifs dans l'endroit même où elle était. L'aréole parut après un quart d'heure. L'aiguille fut retirée après quarante minutes; la sortie ne fut pas moins douloureuse.

Le mal cessa, pour reparaître quelques heures après, mais le malade crut avoir trop payé ce soulagement momentané par la douleur de la piqûre; il ne voulut pas revenir à son emploi, le mal persista.

Cette observation a été relevée en décembre.

III.e OBSERVATION.

Le nommé . . . . . , âgé de vingt-huit ans, fort, robuste, entra à l'Hôtel-Dieu , salle Sainte-Magdeleine , n.° 28, pour y être traité de douleurs très-vives ayant leur siége dans la région deltoïdienne, se propageant dans les muscles du bras. Ces douleurs sont continues, sans aucun symptôme inflammatoire général : elles existent depuis trois semaines. M. le professeur *Récamier*, persuadé que l'acupuncture convenait dans ce cas, la pratiqua. Deux aiguilles sont donc placées , l'une à la partie moyenne du deltoïde , l'autre vers le bord externe du triceps : toutes deux enfoncées à la profondeur d'un pouce. L'introduction fut peu douloureuse; presque immédiatement après, le malade ne ressentit plus rien. Les aiguilles furent retirées après trois quarts d'heure de séjour. La douleur ne s'est plus fait sentir, et n'a pas reparu. Après huit jours, sortie de l'hôpital, la maladie étant jugée guérie.

IV.e OBSERVATION.

La nommée Ranci, âgée de quarante-huit ans, couchée à l'Hôtel-Dieu, salle Sainte-Agnès , n.° 22 , a éprouvé pendant tout le cours de sa vie un grand nombre de maladies; mais depuis trois ans elle se plaint de douleurs très-vives. Ces douleurs sont erratiques. Combattues par les saignées locales et générales, les ventouses, les bains, les fumigations, et toujours sans succès; elles se firent sentir avec force le long de la colonne vertébrale. On a placé deux aiguilles dans les muscles de cette région. Laissées une heure environ , il n'y eut aucune espèce de soulagement. On ne répéta point alors l'opération. Quinze jours après, la douleur s'étant portée dans la région deltoïdienne, on plaça une aiguille vers l'angle inférieur du muscle de ce nom. Elle y séjourna une heure. Lorsqu'elle a été retirée, les douleurs sont devenues plus vives. On a dès-lors renoncé à l'acupuncture.

V.ᵉ OBSERVATION.

La nommée Giraud, âgée de quarante-quatre ans, buandière, est entrée à l'hôpital Saint-Louis, salle Sainte-Marthe, le 9 novembre, pour y être traitée d'un rhumatisme qui a son siége dans les muscles du bras. La douleur se fait surtout sentir vers la pointe du deltoïde. Très-vive, cette douleur existe depuis huit mois; elle a résisté aux saignées locales; on a employé inutilement les cataplasmes, les bains, soit de vapeurs, soit d'eau simple; les vésicatoires : on n'a pas même obtenu de soulagement marqué. Le 3 janvier, on fit entrer une aiguille dans le milieu du deltoïde, on la fit diriger un peu obliquement de bas en haut, à la profondeur d'un pouce environ : elle y fut laissée deux heures. Pendant son séjour la douleur fut moindre ; le soulagement persista après qu'elle fut retirée, la malade put faire agir son bras, ce qu'elle n'avait pas exécuté depuis long-temps. Cinq nouvelles acupunctures ont été pratiquées depuis dans diverses parties du bras. Après la troisième opération, la douleur a quitté le reste du bras, et s'est portée exclusivement sur le deltoïde. Les deux dernières acupunctures ont été pratiquées sur cette partie: il n'y a pas eu de soulagement. Les aiguilles ont été placées alors pendant huit heures, puis on a laissé reposer la malade pendant huit jours. Le 21, nouvelle opération : cette fois l'aiguille a séjourné trente-six heures dans les tissus. Il y a eu un peu de soulagement; mais on n'a pas obtenu le succès que semblaient promettre les effets des premières acupunctures. Cependant la répétition de l'acupuncture fait espérer une heureuse terminaison.

VI.ᵉ OBSERVATION.

Un jeune militaire appartenant à la garnison de Paris vint dans la dernière quinzaine de décembre à la consultation de l'hôpital Saint-Louis réclamer des soins pour une douleur très-vive qu'il éprouvait dans la cuisse et la jambe du côté droit. Cette douleur, existant depuis plusieurs mois, avait sans doute été déterminée par l'exposition au froid et à l'humidité. Elle avait son siége à la partie externe de la

cuisse, se faisait sentir dans le mollet. Ce militaire ne marchait qu'a-
vec beaucoup de difficulté. Une aiguille fut placée dans l'endroit où le
mal se faisait sentir plus vivement. L'introduction ne fut pas très-
douloureuse : l'aréole fut longue à se former. Un quart d'heure après
qu'elle fut posée, il ressentit une douleur très-vive dans l'endroit
occupé par l'instrument, des élancemens, des tiraillemens partant du mollet, se rendant sur la pointe de l'aiguille. Bientôt le malaise devint général, la face pâle ; enfin le malade eut une lipothymie.
L'aiguille fut immédiatement retirée, de l'eau froide fut projetée à la
face, on l'exposa à l'air extérieur très-froid ; on chercha en l'agitant à
ramener la sensibilité et la circulation. Il resta pendant plus de vingt
minutes dans un état intermédiaire entre la syncope et son état naturel. Enfin on parvint à le rappeler à lui, à le rendre assez fort pour pouvoir, et cela une heure après, regagner à pied sa caserne. L'acupuncture ne le soulagea que très-peu ; car je pense que, si sa douleur se
trouva un peu diminuée, on doit l'attribuer à la modification de la
sensibilité imprimée chez cet individu par l'espèce de syncope qu'il
venait d'éprouver. Dix jours après la douleur avait disparu insensiblement, et le malade se trouvait parfaitement bien.

VIIe OBSERVATION.

La nommée ....., mariée, âgée de quarante-un ans, forte, robuste, éprouve depuis deux ans environ des douleurs ayant leur siége
dans les muscles de la partie postérieure de la cuisse, dans ceux
de la jambe. Ces douleurs sont presque continues, la privent du
sommeil ; elles ne sont pas plus vives la nuit que le jour. Les changemens atmosphériques exercent une grande influence. Lorsque le
temps est brumeux, humide, elle souffre bien plus, ne peut marcher que soutenue par un bâton, encore ne l'exécute-t-elle que très-
difficilement. Cette affection a été combattue par les saignées locales,
les ventouses et les bains : tout a été inutile. Je lui propose, le 6 janvier, jour où je la vis pour la première fois, de lui pratiquer une
légère opération. Mes offres acceptées, je place une aiguille longue

et volumineuse à la partie supérieure et postérieure du mollet ; je la fais pénétrer directement à la profondeur d'un pouce et demi environ. Malgré le volume de l'aiguille, l'introduction est peu douloureuse ; bientôt l'aréole se forme ; la malade éprouve des élancemens, un sentiment de traction semble partir et de la cuisse et du pied, pour se rendre vers la pointe de l'aiguille. La douleur primitive a déjà disparu ; mais une lipothymie survient. Il y a pâleur, faiblesse générale, abattement, ralentissement du pouls. La perte de connaissance n'a point lieu ; quelques gouttes d'eau fraîche jetées à la figure font disparaître ce léger accident, qui bientôt ne laisse aucune trace. L'aiguille ayant séjournée trois quarts d'heure, je la retire, la pointe très-oxydée. La malade ne ressent plus de douleur ; elle se lève, craignant d'abord de s'appuyer sur le membre où siégeait la maladie. Ne ressentant plus rien, elle dépose son bâton, et marche avec une grande facilité. Il n'y a plus qu'un peu de roideur dans cette partie. Invitée à venir me voir, si la douleur reparaît, je ne l'ai point revue depuis ce jour, et j'ai lieu de la croire entièrement guérie.

VIII.ᵉ OBSERVATION.

La nommée Pion, âgée de dix-sept ans, couchée à l'Hôtel-Dieu, salle Sainte-Agnès, n.º 29, accouchée il y a huit mois, éprouva une inflammation des viscères abdominaux combattue par de fréquentes applications de sangsues. On lui en a mis quatre cent cinquante. Cette inflammation céda. La malade sortit deux mois après son entrée, imparfaitement guérie, ressentant toujours des douleurs dans le ventre. Ces douleurs étant devenues plus vives, elle rentra à l'Hôtel-Dieu dans l'état suivant : langue légèrement rouge à sa pointe, respiration douloureuse dans les grandes inspirations, ventre gonflé, douloureux à la pression ; cependant elle ne manque pas d'appétit ; l'abstinence accroît ses douleurs ; elle digère facilement toute espèce d'alimens ; la soif est peu vive ; il y a du dévoiement. Elle fut mise aux boissons gommeuses. Dans les premiers jours de janvier, cette jeune fille ayant éprouvé

une douleur très-vive dans l'épaule et le bras gauche. Soixante sangsues furent appliquées sans procurer de soulagement. Quelques jours
après, la douleur persistant, on eut recours à l'acupuncture; on la
pratiqua deux fois, mettant entre chaque opération quatre jours
d'intervalle, plaçant deux aiguilles chaque fois. Les premières furent
mises, l'une vers la pointe du deltoïde, l'autre deux pouces au-dessous, enfoncées d'un pouce environ. L'introduction sembla douloureuse. La malade éprouva de l'engourdissement dans le bras, un
sentiment de chaleur vers la pointe des aiguilles. Cinq minutes après
il y eut du soulagement très-marqué pendant quarante-huit heures ;
après ce temps, la douleur revint, mais moindre. Deux autres aiguilles furent mises, l'une au côté interne du bras, l'autre au côté
externe, enfoncées moins profondément que les premières.

Elle fut alors presque entièrement enlevée cette fois. Quelques
heures après, elle disparut entièrement pendant l'espace de six jours,
au bout desquels cette jeune fille sentit sa douleur, mais très-faible.
L'intensité ayant augmenté uh peu, on lui a placé un vésicatoire sur
le bras ; mais il ne la soulage point. Ces premières aiguilles ont été
laissées deux heures environ.

Les douleurs abdominales ayant augmenté considérablement, on se
décida à lui mettre, le 2 février, deux aiguilles dans les régions iliaques;
on les fit pénétrer d'un pouce et demi. Aussitôt après, la douleur cessa
de se faire sentir. Laissées pendant sept heures, on les retira. L'entrée
et la sortie parurent également douloureuses. Depuis, la malade ne
sent plus aucun mal. La pression, si pénible auparavant, ne lui
fait pas éprouver aujourd'hui, 4, la moindre sensation pénible.

Le dévoiement n'a été ni augmenté ni diminué. Pendant le séjour
des aiguilles, il y eut un très-léger mouvement fébrile.

IX.ᵉ OBSERVATION.

La nommée Dumaroi, tapissière, âgée de cinquante ans, entra le
18 novembre à l'hôpital Saint-Louis, salle Saint-Augustin, n.° 38,

pour y être guérie de douleurs rhumatismales. Cette femme, forcée par son état de travailler dans des endroits froids et humides, après avoir passé une nuit dans un des vastes appartemens des Tuileries, ressentit des douleurs parcourant successivement les diverses parties du corps. Bientôt elles se fixèrent sur la jambe droite, puis sur la cuisse, et enfin sur la fesse du même côté. Peu intenses d'abord, elles se sont accrues au point de rendre la marche impossible. Combattues par un vésicatoire, des linimens camphrés, elles résistèrent. On eut alors recours aux fumigations. Loin d'éprouver du soulagement, la douleur devenait plus vive. A l'intérieur, on lui administrait l'eau de *Sedlitz*. Était-elle couchée, son mal disparaissait. Dans la dernière quinzaine de janvier, on lui pratiqua l'acupuncture. Trois aiguilles furent placées simultanément, enfoncées à la profondeur d'un pouce environ, l'une près de la malléole, l'autre à la cuisse, la troisième enfin au milieu de la fesse. Presque aussitôt après il survint autour de la première une éruption boutonneuse. Les aiguilles furent laissées pendant trois jours. Les douleurs avaient disparu douze heures après leur introduction. La malade n'éprouvait plus dans son membre qu'un sentiment de roideur et de gêne.

Huit jours après, ayant encore ressenti une nouvelle atteinte de son mal, mais dans un endroit différent (aux lombes), on plaça de nouveau deux aiguilles, l'une dans la région lombaire, et l'autre au-dessous du grand trochanter. Une nouvelle éruption eut lieu, comme la première fois, autour d'une des aiguilles. La douleur a cessé de se faire sentir, comme après la première acupuncture, et la marche ne détermine aujourd'hui qu'un léger sentiment de fatigue.

La malade est sortie guérie.

Xe OBSERVATION.

La nommée Constance Vial, âgée de trente-six ans, mariée, a toujours été bien portante, toujours bien réglée, lorsqu'il y a deux mois elle ressentit des douleurs très-vives vers la plante des pieds. Bientôt ces organes furent gonflés , très-douloureux. Ce gonflement et ces douleurs envahirent successivement les articulations tibio-tarsiennes, fémoro-tibiales , et coxo-fémorales. La douleur fut si vive dans cette dernière partie , qu'on fut obligé d'y appliquer des sangsues. Le mal disparut de ce point pour se faire sentir plus vivement dans les articulations précédemment indiquées. On couvrit ces parties de cataplàsmes émolliens : le soulagement fut peu marqué. On appliqua alors vingt sangsues sur chacun des membres malades ; elles furent distribuées sur ces articulations. Vingt-quatre heures après, la femme Vial ne ressentait plus qu'un peu d'engourdissement. Dès-lors elle put marcher. Après un jour , cet engourdissement cessa d'exister; mais les mains devinrent gonflées. Ce gonflement s'étendit jusqu'au bras. Le 15 janvier , on lui prescrivit une nouvelle application de vingt-cinq sangsues. Cette fois il n'y eut pas de soulagement , lorsque mardi 25 , envoyée par M. *Magendie*, on lui pratiqua l'acupuncture. Ses mains étaient alors très-gonflées à toute leur surface. Le contact d'un corps , quel qu'il fût, lui arrachait des cris. Si on venait à presser, l'impression du doigt subsistait. Deux aiguilles furent placées obliquement entre la peau et les ligamens qui se trouvent à la partie postérieure de l'articulation radiocarpienne. L'introduction des aiguilles fut à peine sentie. Laissées deux heures environ, elles ne produisirent pas d'effets momentanés. Il y eut seulement un peu de diminution dans le gonflement. Le lendemain, 26, la douleur disparut. Le 27 , l'acupuncture fut encore employée pendant le même laps de temps. Depuis ce moment, la malade n'a plus ressenti qu'un peu d'engourdissement , qui même a été entièrement dissipé le lendemain. Aujourd'hui elle a recouvré l'usage libre de ses mains.

XI.ᵉ OBSERVATION.

Le nommé Curtel , âgé de vingt-sept ans, couché salle Saint-Jean, n.° 27, domestique, fort et robuste, après avoir fatigué beaucoup, eut un gonflement du genou; la douleur fut très-vive dès le début. *Il y a six mois,* obligé de marcher malgré la douleur qu'il ressentait, le gonflement augmenta, la claudication devint très-marquée ; c'était surtout au-dessous de la rotule que la douleur existait. Il resta pendant quatre mois sans rien faire, évitant seulement de marcher autant que possible. Les progrès du mal le forcèrent d'entrer à Saint-Louis, où il fut admis le 22 décembre 1824. Aussitôt après son arrivée, sans avoir recours à d'autres moyens, on pratiqua l'acupuncture. On plaça deux aiguilles, on les fit pénétrer obliquement sur les côtés de la rotule. Curtel dit n'avoir éprouvé aucune douleur quand on les mit : laissées une heure et demie ou deux heures, on les retira ; la douleur et le gonflement diminuèrent un peu. On répéta l'application du remède cinq fois en cinq jours ; on laissa toujours les aiguilles pendant le même espace de temps. Le malade éprouva chaque fois du soulagement, mais moindre qu'à la suite de la première opération. Le service dans lequel il se trouve ayant changé de médecin, on a cessé l'emploi de l'aiguille. On lui a mis des vésicatoires il y a huit jours ; ils ne l'ont pas soulagé ; il désirerait beaucoup qu'on revînt à l'emploi de l'acupuncture.

Luxation spontanée.

La nommée Autefeuille, âgée de dix-huit ans, née à Melun, portant sur sa figure les signes de la santé, habitait un endroit humide ; elle a commencé il y a deux ans à éprouver des douleurs très-vives dans l'articulation coxo-fémorale gauche. Le mal faisant continuellement des progrès, cette jeune fille ne pouvant plus marcher, obligée de garder le lit, eut recours aux soins des médecins. On employa en vain l'application des sangsues, les cataplasmes sur le point douloureux, les bains émolliens : rien ne put arrêter les progrès du mal. Le membre s'allongea, puis se raccourcit, c'est-à-dire que la luxation s'opéra. La tête du fémur fut portée en haut et en dehors ; faisant office de corps étranger dans cette partie, elle causa une vive inflammation ; combattue par les moyens précédemment indiqués, elle céda un

peu ; mais depuis ce temps elle n'a cessé de souffrir. Admise
à l'hôpital Saint-Louis il y a quatre mois, on lui a fait plusieurs applications de ventouses, qui l'ont peu soulagée : le
traitement antiscrofuleux, le repos, les cataplasmes lui ont été
prescrits. Malgré ces moyens, la douleur persistait, lorsqu'il y a six
semaines environ, le 15 décembre, on lui pratiqua l'acupuncture en
arrière et un pouce au-dessous du grand trochanter. Dix minutes
après, l'aréole se forma, la douleur disparut. L'aiguille fut laissée
deux heures environ ; après quoi, l'ayant retirée, elle présentait des
traces d'oxydation. La douleur, qui avait cessé pendant l'opération, ne
se fit plus sentir qu'à plusieurs jours d'intervalle. On répéta cinq fois
l'acupuncture en quinze jours de temps. Elle n'a ressenti des atteintes
de la douleur primitive que depuis quinze jours ; mais elles sont beaucoup moins vives, et ne se manifestent que lorsqu'elle essaie de marcher, et encore sont-elles à peine sensibles.

Contusion des muscles pectoraux avec hémoptysie.

Un homme plus que sexagénaire, fort, robuste, ayant le système
musculaire très-prononcé, fut frappé et renversé. Son corps présentait
des contusions en divers points ; mais c'est dans le côté droit de la poitrine que la douleur se faisait sentir le plus vivement ; il ne pouvait res-
pirer qu'avec la plus grande difficulté, crachait du sang en assez grande
quantité. Un médecin appelé prescrivit douze sangsues sur le côté droit
du thorax au-dessous du membre ; il se trouva soulagé, ne cracha
plus de sang ; mais il eut toujours une très-grande gêne dans la respiration. Voulant y remédier, cet homme vint à la consultation de l'hôpital Saint-Louis, quinze jours après son accident. Le 20 décembre, il
est dans l'état suivant : douleur pongitive du côté droit, respiration
pénible, courte, fréquente ; les côtes ne s'élèvent et ne s'abaissent presque pas ; il tousse peu, ne crache point de sang ; la pression du
grand pectoral dans son extrémité sternale est douloureuse ; le pouls
est fort, plein et régulier ; il n'y a pas de chaleur à la peau. Une
aiguille très-longue est placée au-dessous du mamelon, sur le point

le plus douloureux ; on la fait pénétrer de près de deux pouces, de manière à atteindre la plèvre ou le poumon lui-même. Dès que l'aiguille est placée, le soulagement se manifeste ; le malade cesse de souffrir ; sa respiration devient plus facile, et, pour me servir de ses expressions, on vient de lui enlever un poids. La pression ne lui fait plus rien éprouver. L'aiguille, après avoir séjourné trois quarts d'heure, est retirée. Le malade ne fut que soulagé par cette première opération ; mais cinq autres acupunctures faites dans l'espace de dix jours le débarrassèrent entièrement. Il est à remarquer qu'ici, comme cela arrive assez généralement, l'effet de l'opération ne fut jamais si marqué que la première fois qu'on y eut recours.

Douleur pleurodynique avec hémoptysie.

La nommée B....., âgée de vingt-deux ans, d'un tempérament essentiellement lymphatique, mariée depuis trois ans, mère d'un enfant bien portant, habitant un rez-de-chaussée humide, fut prise d'engorgement des ganglions du cou : cet engorgement n'était ni volumineux, ni inflammatoire. Il y a six mois, cette même femme ressentit des douleurs assez vives dans l'articulation du genou ; bientôt cette partie se gonfla, devint rouge ; la douleur s'accrut, il y eut impossibilité de marcher. Vingt sangsues furent appliquées, des cataplasmes émolliens prescrits. Il y eut du soulagement ; les ganglions du cou disparurent alors dans l'espace de quelques jours sans cause connue. Presque aussitôt après, des douleurs pongitives se firent sentir dans le côté droit de la poitrine, la respiration devint très-gênée, très-courte ; la pression sur ce point du thorax était très-douloureuse, le décubitus ne pouvait avoir lieu sur ce côté ; la malade toussait, la toux était douloureuse, les crachats étaient mêlés de stries sanguinolentes ; il y avait chaleur à la peau, avec accélération du pouls. Vingt-quatre heures après l'apparition des premiers symptômes, l'acupuncture fut pratiquée, une seule aiguille enfoncée perpendiculairement à la profondeur de quinze lignes au-dessous du mamelon droit : l'in-

troduction fut à peine sentie. Aussitôt que l'aiguille fut placée, la douleur diminua. Cinq minutes après, formation de l'auréole, puis disparition de la douleur ; la liberté de la respiration se rétablit. Après
un séjour d'un quart d'heure, l'aiguille fut retirée sans douleur pour
la malade ; elle était peu oxydée, seulement vers sa pointe. Demi-
heure après la sortie de l'instrument, les douleurs reparurent, pour
disparaître au bout de cinq minutes : il n'y eut plus dès-lors ni cra-
chement de sang, ni difficulté dans la respiration, enfin aucun symptôme maladif. On prescrivit quelques boissons adoucissantes, un
régime léger ; la guérison fut instantanée, le mal ne reparut point.
Le même jour, cette femme, si souffrante avant l'acupuncture,
fut rendue à ses occupations.

L'effet fut si prompt, que, naturellement crédule, elle crut à
l'effet d'un sortilége.

Ophthalmie chronique.

Ire OBSERVATION.

La nommée Vitala, âgée de quarante-deux ans, brodeuse, a toujours été bien réglée ; elle jouit habituellement d'une bonne santé.
Depuis environ cinq ans, elle avait un larmoiement continuel et une
très-légère irritation vers le bord libre des paupières, lorsqu'il y a
dix mois elle fut affectée d'une ophthalmie aiguë, laquelle passa à
l'état chronique, avec des retours à l'état aigu sous l'influence des
moindres causes excitantes. Depuis ce temps, la maladie ayant fait des
progrès, les paupières sont devenues rouges, renversées, privées
d'une grande partie de leurs cils, la conjonctive très-enflammée,
l'impression de la lumière très-pénible. Venue à Saint-Louis pour
consulter il y a dix jours (le 15 janvier), on lui plaça deux aiguilles, une à chaque tempe ; elles furent laissées pendant vingt-
quatre heures, puis immédiatement remplacées par d'autres. C'est
ainsi qu'on agit pendant quatre jours, après quoi elles furent laissées pendant quarante-huit heures. Depuis le commencement du trai-

tement, le mal a toujours été en décroissant ; aujourd'hui l'inflammation a presque entièrement disparu, l'impression de la lumière n'est plus douloureuse. Cette femme n'a cependant pas interrompu ses travaux journaliers, et n'a fait usage d'aucun autre moyen curatif.

II.ᵉ OBSERVATION.

Le nommé Schneider, âgé de vingt-deux ans, d'un tempérament lymphatique, exerçant aujourd'hui la profession de cordonnier, antérieurement peintre sur porcelaine, est affecté d'une ophthalmie : elle existe depuis quatre ans, et plus. Le bord libre des paupières est rouge, leur face interne l'est également ; les vaisseaux du globe de l'œil sont fortement injectés, l'impression de la lumière et des corps brillans est douloureuse ; le plus petit écart de régime suffit pour faire passer l'inflammation à un état aigu. Combattue plusieurs fois par les collyres résolutifs, on est parvenu à l'aide de ce moyen à en diminuer l'intensité, sans obtenir cependant une guérison complète. S'étant présenté le 22 janvier à la consultation de M. *J. Cloquet*, deux aiguilles furent placées aux deux tempes, introduites obliquement à la profondeur de neuf lignes, laissées pendant vingt-quatre heures, après quoi on les retira : l'inflammation avait sensiblement diminué. Deux autres aiguilles remplacèrent les premières ; on les laissa de même vingt-quatre heures. Le mal faisant de nouveaux progrès vers la guérison, on continua exclusivement l'emploi de l'acupuncture prolongée. A la cinquième opération, les aiguilles furent laissées quarante-huit heures, et aujourd'hui 29 janvier, la guérison est presque complète. Pendant le cours du traitement, il n'y a eu aucune espèce d'accident ; le malade n'a rien ressenti, si ce n'est une légère démangeaison vers l'angle interne de l'œil, et c'est dans cet endroit même que l'inflammation a commencé à perdre de son intensité. La présence de ces aiguilles a été si peu gênante, que Schneider n'a pas été distrait un instant de ses occupations habituelles.

III.ᵉ OBSERVATION.

La nommée Françoise-Henriette, âgée de vingt ans, eut il y a deux ans un écoulement, fruit d'un coït impur. Cet écoulement dura pendant deux mois, puis il disparut sous l'influence de boissons astringentes administrées par un empirique. Pendant six mois, cette femme n'éprouva rien qui pût lui faire douter de sa guérison. Mais après ce laps de temps, elle éprouva des douleurs atroces dans toute la partie gauche de la tête et dans l'œil correspondant. Ces douleurs étaient continues, la privaient de tout repos, et la mettaient dans un état d'agitation affreux. Deux mois plus tard, elle sentit une irritation très-vive à la joue gauche. Bientôt cette partie se couvrit d'une croûte, résultat de la concrétion du fluide exsudé dans le point irrité. Ce mal fit des progrès très-rapides, parvint, au bout de quelques jours, à affecter les paupières. C'est alors qu'elle fut admise à l'hôpital Saint-Louis, salle Saint-Augustin, n.° 11. Elle était dans l'état suivant : la face défigurée par l'éruption dartreuse dont nous avons parlé ; toute la croûte entourée d'un cercle rouge lie de vin ; l'œil gauche, très-enflammé, ne pouvait supporter le contact de la lumière, et il en exsudait une matière puriforme très-abondante, surtout pendant la nuit. Les douleurs se faisaient sentir à toute la partie antérieure de la tête ; elles étaient continues, mais beaucoup plus vives la nuit que le jour ; elles ne lui permettaient point de goûter les douceurs du sommeil. On employa inutilement pour combattre cette affection les saignées générales et locales, les vésicatoires, un séton, les pédiluves, les purgatifs. La malade fit deux traitemens antivénériens, sans aucune espèce de résultats, sans que son état en fût amélioré. Voulant éprouver l'action de l'acupuncture sur une douleur aussi persistante, M. *Jules Cloquet* plaça une aiguille dans la tempe du côté où siégeait l'affection ; elle ne fut laissée qu'une heure. La douleur disparut entièrement, et dès-lors la malade put se livrer au sommeil ; ce qui auparavant ne lui arrivait que lorsqu'elle était excédée par la fatigue des veilles. La douleur reparut quatorze ou quinze

heures après, mais plus faible Le surlendemain, nouvelle opération ; l'aiguille fut laissée deux heures ; le soulagement ne fut pas
moins marqué ; la douleur disparut complètement. Depuis, elle s'est
fait sentir de nouveau, mais beaucoup moins forte. Pendant un mois
on ne fit plus de nouvelles opérations ; mais à dater de cette époque,
le 15 janvier, on emploie l'*acupuncture persistante*. L'aiguille est
laissée à demeure, renouvelée tous les trois à quatre jours. Son œil
supporte parfaitement la lumière ; il n'y a plus de rougeur, plus de
sécrétion puriforme ; la dartre elle-même va beaucoup mieux, et se
rétrécit considérablement. Sans doute l'acupuncture ne fera point
disparaître la maladie vénérienne existante ; mais, dans cette circonstance, elle a l'avantage non-seulement d'arrêter ses progrès, mais
encore de diminuer les phénomènes maladifs locaux. (Aujourd'hui
12 février, la dartre a complètement disparu ; la malade n'éprouve
aucune douleur.)

Hématémèse périodique.

La nommée Dupérier, âgée de vingt-neuf ans, ayant reçu, il y a
neuf ans, une commotion morale très-vive immédiatement après
l'écoulement de ses règles, fut prise d'attaques d'hystérie. Depuis
cette époque, les menstrues n'ont point reparu ; elles sont remplacées par un vomissement de sang périodique, durant ordinairement
trois ou quatre jours, accompagné de douleurs très-vives à l'épigastre.

On lui a donné des antispasmodiques, des préparations de kina,
sans la soulager.

Le seul moyen qui ait amendé les symptômes de son mal, c'est
l'emploi des pédiluves sinapisés.

Entrée à l'Hôtel-Dieu le 29 janvier, salle Sainte-Agnès, n.º 8, le
vomissement habituel parut le 31. On prescrivit douze sangsues à la
vulve, et quarante à l'épigastre : le vomissement continua, la douleur
épigastralgique ne fut pas soulagée. Le 2 février, l'acupuncture fut
pratiquée. Deux aiguilles furent placées, l'une à l'épigastre, l'autre

près de l'ombilic, enfoncées à la profondeur d'un pouce. Aussitôt qu'elles furent introduites, la douleur et le vomissement cessèrent. On les laissa huit heures. Une heure après qu'on les eut retirées, le vomissement reparut ; mais la douleur, habituellement persistante, fut considérablement diminuée. Cette malade se trouve beaucoup mieux.

Douleur utérine.

I.re OBSERVATION.

La nommée Dujardin, âgée dé vingt-sept ans, forte, robuste, ayant contracté un écoulement il y a dix-huit mois, resta sept mois sans faire aucun traitement. Connaissant son mal, poussée par le désespoir, elle voulut mettre fin à son existence. Ayant pris un rasoir elle se fit une blessure très-grave au cou. Apportée à l'Hôtel-Dieu, elle fut guérie par les soins de l'habile chirurgien de cet hôpital. Depuis, elle eut diverses affections qui l'y retinrent. Ces affections n'étant pas du domaine de la chirurgie, on la transporta dans les salles de M. *Récamier.* C'est alors qu'elle fit connaître, il y a neuf mois, la cause qui l'avait portée à commettre un acte de désespoir si répréhensible. Ayant des ulcérations syphilitiques à la partie interne des grandes lèvres, un traitement antivénérien fut prescrit et continué pendant trois mois. Les chancres furent guéris ; mais l'écoulement persista. On fit alors pendant trois semaines des injections astringentes; on donna des bains de vapeur de cinnabre : l'écoulement fut arrêté; l'usage des bains ayant été suspendu, il reparut aussi abondant, tachant le linge. A cette époque, la malade a commencé à ressentir des douleurs très-vives du côté de la matrice, des élancemens, des picotemens, un sentiment d'ardeur continuelle ; son sommeil en fut troublé. Elle a toujours un mouvement fébrile vers le soir, ses digestions sont pénibles ; la douleur est alors plus vive. Dans les derniers jours de décembre, on lui plaça une longue aiguille, qui fut enfoncée de deux pouces au moins dans les parois du vagin : elle sentit à peine cette aiguille traverser ces parties : on la laissa pendant une heure et demie. La malade n'éprouva pendant son séjour aucun soulagement; la douleur devint même plus vive lorsqu'on retira l'instrument, qui était très-oxydé; mais bientôt elle diminua insensiblement, puis disparut. Cette femme fut pendant six jours sans rien ressentir (l'écoulement continuait). Après ce temps, la douleur reparut, mais moins vive qu'antérieurement. On n'a point répété l'acupuncture; on a préféré faire usage des pilules d'extrait de ciguë et des bains de vapeurs cinnabrés. Ce nouveau traitement la soulage, mais bien peu.

II.ᵉ OBSERVATION.

La nommée Adélaïde Colin, âgée de trente-cinq ans, cuisinière, a joui jusqu'à l'âge de trente-deux ans d'une bonne santé, quoique cependant la première menstruation se soit établie difficilement, et qu'elle ait éprouvé beaucoup de malaise. Depuis cette époque, le flux menstruel a toujours été régulier, abondant, annoncé cependant par des douleurs abdominales point assez vives pour troubler les fonctions. Ayant éprouvé une peur très - forte il y a trois ans au moment où ce flux périodique avait lieu, il fut supprimé instantanément; dès-lors des élancemens se firent sentir dans la matrice; le ventre se gonfla, les douleurs se propagèrent dans les hypochondres. A dater de ce jour, les règles n'ont point reparu. Cette fille a été prise quelques mois après d'attaques d'hystérie. Un volume ne suffirait pas pour la description de sa maladie depuis ce moment. Elle eut des vomissemens de sang, une diarrhée, qui a duré plusieurs mois; une pneumonie très-intense, des douleurs de tête très-fortes, puis ensuite ces douleurs se portèrent vers le dos, mais le point vers lequel une douleur constante extrêmement vive se fait toujours sentir, c'est la matrice. Tous les autres symptômes maladifs éprouvés semblent irradier, partir de cet organe; toutes les fonctions ont été dérangées. Son état depuis trois ans n'a jamais été le même pendant huit jours consécutifs. Un seul phénomène constant, c'est la douleur utérine; cependant le toucher fait et répété avec attention n'a pu faire reconnaître aucune lésion. Cette femme, que j'ai été à même de suivre

(51)

pendant plus d'un an à Saint-Louis, dans les salles de M. *Lugol*,
entra consécutivement à Saint-Antoine, puis enfin à l'Hôtel-Dieu,
où elle est depuis dix mois dans les salles de M. *Récamier*. On peut
se faire une idée de la complication de cette maladie par l'aperçu
des traitemens qu'on lui a fait subir. A Saint-Louis, saignées générales, saignées locales, bains froids, soixante et quelques douches,
antispasmodiques de toute espèce; toniques, purgatifs, émétique, à
la dose de dix, douze grains, répétée plusieurs fois; le tout inutilement. Depuis qu'elle est à l'Hôtel-Dieu, trente-trois saignées ont été
pratiquées; elle a subi un traitement mercuriel jusqu'à salivation,
souffert six moxas à la partie interne des grandes lèvres, deux autres
à la région dorsale, un cautère, les préparations de ciguë, et beaucoup d'autres moyens : tout a été infructueux. On a diminué certains
symptômes locaux ; on n'a jamais pu rappeler les règles, jamais faire
cesser la douleur utérine, douleur si vive que, selon les expressions
de la malade, elle ressent toujours dans cette partie des *morsures
de chien;* il semble qu'on lui déchire les tissus. Vers la fin de décembre, l'acupuncture lui fut pratiquée. Trois longues aiguilles furent placées dans les parois du vagin, enfoncées d'un pouce et demi environ,
et laissées une heure et demie. L'introduction ne fut nullement douloureuse. Aussitôt que les aiguilles furent introduites, la douleur qui
existait à l'utérus, se propageant dans tout le ventre, les lombes, les
cuisses, les genoux même, cessa immédiatement ; lorsqu'on les retira
elles étaient entièrement oxydées, rouillées. Il y eut alors un suinte-
ment insolite de sérosité à travers les parois du vagin; toute sensation
pénible a disparu; la malade goûta un sommeil tranquille, répara-
teur ; ce qui ne lui était pas arrivé depuis fort long-temps, car elle
ne s'endormait auparavant que pendant quelques instans, excédée
par les veilles et la souffrance; elle reprit de l'appétit, des forces,
put même se lever, éprouva de la gaîté ; enfin tout son être fut modifié. Elle resta pendant dix jours dans cet état satisfaisant. Il est à
remarquer qu'on n'a pas répété l'acupuncture. Après ce temps, les
douleurs utérines commencèrent à se faire sentir de nouveau ; peu
vives d'abord, elles se sont accrues insensiblement, n'ont jamais

repris cependant leur première intensité. On se bornait alors à employer les préparations de ciguë, lorsque le 1.er février la malade,
ayant une gêne considérable dans la respiration, une œdématie générale du tronc et des cuisses, vomissant le sang pur et abondamment,
étant enfin dans un état qui faisait augurer une mort prochaine. On
lui plaça, le 2 au matin, trois aiguilles, deux au-dessous de la base
de la poitrine, une de chaque côté enfoncée sous le rebord cartila-
gineux des côtes, une troisième au-dessous de l'appendice xiphoïde
à la profondeur d'un pouce au moins; aussitôt cessation de la douleur utérine, du vomissement; facilité dans la respiration., bien-être
général; l'introduction des aiguilles s'est à peine fait sentir. Elles ont
séjourné huit heures, après quoi on les a retirées oxydées. Le lendemain 3, je vis la malade gaie, contente, ayant bien dormi, se trou-
vant enfin dans un état tout-à-fait satisfaisant. L'œdème n'a point
disparu ; il lui reste encore un peu de sensibilité dans le ventre
Deux nouvelles aiguilles sont placées le 3 comme précédemment,
mais sur les côtés de l'ombilic. Laissées pendant le même espace de
temps, on les a retirées très-oxydées : la douleur abdominale a cessé
de se faire sentir. Il n'y a plus qu'un sentiment de tiraillement dans
les aines. On se gardera sans doute maintenant de laisser l'aiguille
dans l'oubli.

Divers journaux ont parlé d'une jeune aveugle guérie par l'acupuncture. L'histoire vraiment intéressante de cette malade devant être
incessamment publiée par M. *Roger*, interne de M. *Alibert* (jeune médecin, qui depuis long-temps lui prodigue ses soins), je me bornerai
à donner quelques notes sur ce qui la concerne.

III.e OBSERVATION.

Mademoiselle Lise, âgée de dix-neuf ans, très-irritable, douée
du tempérament auquel on donne le nom de *nerveux*, éprouva il y
a deux ans un très-vif chagrin pendant l'époque menstruelle. Elle
fut alors prise de convulsions, qui durèrent plus d'une heure, et la
laissèrent dans un état maladif. A dater de cette époque, ses règles
n'ont point reparu, sa santé a été altérée. Elle a éprouvé successive-

ment diverses inflammations des organes thoraciques et abdominaux, et c'est surtout du côté de la tête que des douleurs très-vives et continuelles se sont fait sentir. On pense bien qu'au milieu de ce dérangement tumultueux de toutes les fonctions, l'utérus , siége primitif du mal, n'est point resté passif. La malade a presque constamment ressenti des douleurs très-vives dans cette partie; elle a eu successivement des crachemens et des vomissemens de sang, des douleurs abdominales, avec gonflement du ventre ; du dévoiement, des céphalées très-opiniâtres, enfin des douleurs parcourant les diverses parties du corps. Tous ces phénomènes maladifs ont été accompagnés de fréquentes attaques d'hystérie. Malgré l'application de sept cent quatre-vingts sangsues, malgré l'emploi de douze saignées générales, de cautères, de sinapismes, de pédiluves, de beaucoup de préparations médicamenteuses indiquées par les divers états dans lesquels s'est trouvée cette jeune personne , on n'a pu parvenir à rétablir le flux périodique, dont la suppression est sans aucun doute la cause de cette série d'accidens qu'elle a éprouvés. Le 10 novembre, après une attaque d'hystérie, ayant repris connaissance, elle était privée de la vision , se trouva plongée dans une nuit profonde ; en un mot, la cécité fut complète. Des céphalalgies plus fortes que de coutume s'étaient seulement fait sentir pendant les jours précédens. L'examen du globe de l'œil ne fit reconnaître aucune altération de l'organe. Divers moyens furent tentés inutilement pour lui rendre la vue, tels que les saignées, les laxatifs , les dérivatifs portés sur le tube intestinal , les révulsifs ; je le répète, tout fut inutile. Les succès de l'acupuncture se multipliant à l'infini dans l'hôpital Saint-Louis dans une foule de maladies , M. *Roger* y eut recours. Le 5 janvier, trois aiguilles furent placées, deux aux tempes, une au front : elles furent laissées cinq quarts d'heure. Les douleurs furent un peu diminuées ; il ne se passa, du reste, aucun phénomène insolite. Le 24 du même mois on replaça de nouvelles aiguilles, qui restèrent comme la première fois, enfoncées obliquement à la profondeur d'un pouce. L'effet fut encore le même. Ce jour on employa encore deux autres aiguilles, qui cette fois séjournèrent vingt-une heures au milieu des tissus. Les organes de la vue ne ressentirent aucune influence favorable de l'emploi de l'acupuncture. Ce jour même encore on fit, sans que la malade s'en aperçût, approcher une lumière, dont la présence ne lui fut annoncée que par la chaleur qui s'en dégageait. Le 26, deux acupunctures furent encore pratiquées à neuf heures du matin ; les aiguilles retirées six heures après. C'est alors que la vue revint aussi subitement qu'elle avait cessé, et cela sans manifestation de phénomènes extraordinaires. Cette jeune malade, qui depuis soixante-seize jours était plongée dans les ténèbres, fut d'abord étourdie par l'aspect imprévu des objets environnans. Il est impossible de peindre son enthousiasme et son ravissement. Dès-lors elle a pu lire les caractères les plus fins. Je tiens même en ce moment un petit journal écrit de sa propre main sur sa maladie. On continue à combattre les autres symptômes morbides, tels que la douleur et le gonflement du ventre, etc., par l'acupuncture pratiquée sur ces diverses régions. Hier, 6 février, les règles se sont manifestées, et, quoique sa constitution soit délabrée, on ne doit point désespérer de lui conserver la vie.

CONCLUSION.

D'après les observations que je viens de rapporter, d'après surtout l'immense quantité de faits dont j'ai été témoin à l'hôpital Saint-Louis, où l'acupuncture est pratiquée tous les jours sur plus de vingt malades, je crois pouvoir dire que cette opération a de grandes vertus thérapeutiques ; que non-seulement on peut, mais que même on doit l'employer dans les affections rhumatismales, dans les névralgies ; que l'acupuncture réussit encore très-bien dans le traitement de beaucoup de maladies appartenant à la classe des phlegmasies, et que c'est à tort que ce moyen a été pendant si long-temps plongé dans l'oubli.

Mais comment agit l'aiguille ? Est-ce en faisant une soustraction de fluide électrique ? est-ce comme dérivatif ? est-ce comme révulsif ?

C'est un problème que je ne chercherai point à résoudre, et j'aime beaucoup mieux douter que d'errer. Au moins est-il certain qu'elle imprime une grande modification à la sensibilité des organes. Je ne la rangerai point, comme *Vicq-d'Azyr*, à la suite du moxa et des ventouses. Son action est toute différente ; elle en a presque tous les avantages , sans avoir aucun des inconvéniens ; et très-souvent l'acu-puncture a réussi lorsque les moxas avaient été sans efficacité.

Son emploi est facile sur presque toutes les parties du corps, point douloureux. Le médecin qui veut en faire usage n'a pas besoin de s'environner de cet appareil dont la présence seule épouvante des malades naturellement pusillanimes, cortége indispensable dans l'ap-plication du moxa.

Enfin l'acupuncture n'amène après elle ni douleur, ni accident (1), ni cicatrice.

Aujourd'hui que ce moyen est mis en pratique dans presque tous les hôpitaux de Paris, on est à même d'en constater les bons effets ; et si partout on ne voyait pas les mêmes résultats , je suis bien con-vaincu qu'on ne devrait l'attribuer qu'à la différence des cas où l'on y aurait recours, et peut-être plus encore au défaut de persévérance des médecins qui la pratiquent. M. *Jules Cloquet* obtient tous les jours des résultats très-remarquables en attaquant les douleurs avec autant de persévérance qu'elles en ont à reparaître , et en laissant sé-journer les aiguilles dans la partie pendant cinq, six, sept ou huit jours , dans des cas où leur application pendant quelques heures n'a-vait point eu une action assez prononcée; c'est cette acupuncture qu'il appelle *persistante*.

Les observations se multipliant à l'infini, bientôt l'opinion générale sera fixée sur ce point de thérapeutique.

---

(1) A l'hôpital Saint-Louis, où l'acupuncture a été employée sur plus de quatre cents malades, on n'a pas encore observé un seul accident, à l'exception des li-pothymies dont j'ai parlé. M. *J. Cloquet* estime, d'après ses observations, à un trentième environ les malades chez lesquels elles ont lieu.

Disons que si, jusqu'à ce moment, on l'a employée d'une manière exclusive dans le traitement des maladies, maintenant que ses bons effets sont bien démontrés, on ne doit pas dédaigner de lui donner pour auxiliaires les moyens dont la pratique journalière constate les bons effets.

Ainsi donc, dans une ophthalmie chronique, en même temps qu'on fera séjourner des aiguilles dans les régions temporales, il faudra ne point négliger les collyres résolutifs.

Ce que je dis pour l'ophthalmie est applicable à une multitude d'autres maladies.

Mais quels accidens peut causer l'acupuncture? Je n'en ai observé qu'un seul, encore est-il très-rare : ce sont ces lipothymies dont on trouvera des exemples dans les faits que j'ai rapportés. Quant à la douleur plus ou moins vive qui succède ou qui se fait sentir pendant l'opération, on ne peut raisonnablement l'appeler un accident. Quelques-uns cependant ont été plus légèrement annoncés. Il est à croire que les auteurs de ces écrits ne s'en sont jamais assurés personnellement, et j'ai des preuves de cette assertion.

Si j'eusse prétendu célébrer l'acupuncture, j'aurais donné une série d'observations toutes couronnées par le succès, et certes les faits ne m'eussent point manqué ; mais j'ai voulu présenter un tableau qui fût l'expression de la vérité.

Quidquid verum et bonum rogo.